Johannes

Die neue Erde
in der Parallelwelt

Ein Zeitreise - Abenteuer

Impressum:

Herstellung und Verlag: Books on Demand GmbH,
Norderstedt

ISBN: 978-3-8423-6421-9

Vorwort:

Dieses Buch entstand auf abenteuerliche Weise:

Es wurde als wechselnder Zeitreise-Roman zwischen der diesseitigen Erde und der Parallelwelt niedergeschrieben.

Pan, der friedvolle Anführer der Naturwesen und einige Zwerge, Elfen, Feen und Pegasus, das geflügelte Pferd, stehen den Helden des Abenteuers, Jonathan und Celina, zur Seite.

Gemeinsam lernen sie die fast jungfräuliche, unbefleckte Erde der Parallelwelt kennen, die von nahezu engelhaften Menschen bewohnt wird, die in einer hohen Schwingung aus Licht und Liebe existieren.

Dieses, so sagen sie, ist das Ziel, dass Mutter Erde auch anstrebt, nach der großen Säuberung und Reinigung.

Was real und was bisher Fiktion oder Wunschdenken ist, verschwimmt noch im See des Zukünftigen...

Der Leser wird auf eine märchenhafte Reise mitgenommen, die ihn von der ersten Seite an fesselt und das Buch am liebsten in einem Atemzug durchlesen möchte.

Es sind sehr viele Tipps und Ratschläge für spirituelle, suchende und umweltbewußte Menschen niedergeschrieben, und die Liebe zu unserem Schöpfer, GOTTVATER, steht immer an erster Stelle und ist der Grundpfeiler für gelebte

Spiritualität, mit dem Wissen, dass es bald diese Realität der Parallelwelt auch bei uns geben kann.

Ein Zeitreise-Abenteuer der anderen Art...

Liebevoll und spannend geschrieben, mit der Feinfühligkeit und dem einfühlenden Wesen der Engel- und Naturwesenwelt.

Viel Freude beim Lesen wünschen euch jetzt alle beteiligten Akteure dieses Buches und ich, Johannes.

Inhaltsverzeichnis:

1. Kapitel - Der Wurzelsepp   5

2. Kapitel - Pan erscheint   21

3. Kapitel - Die Bewohner von Eriba stellen sich vor   44

4. Kapitel - Das Dorf Balaban   53

5. Kapitel - Jonathan und Celina lernen, wie man im Dorf Balaban lebt   63

6. Kapitel - Jonathan und Celina haben Hunger 77

7. Kapitel - Ausflug nach Treasolien   98

8. Kapitel - Reise zur anderen Erde   108

9. Kapitel - Wieder in Bambusien   127

10. Kapitel - Die Heilsteine   145

11. Kapitel - Zurück im Reich des Pan   165

Nachtrag - 182

1. Kapitel – DerWurzelsepp

Jonathan, ein 25-jähriger junger Mann, saß mit seiner Freundin Celina auf der Couch, und beide hörten schöne ruhige meditative Musik.

Plötzlich klopfte es an der Tür.

„Gehst du hin, Schatzi?" fragte Celina. Jonathan nickte, stand auf und ging die wenigen Schritte bis zur Eingangstür und öffnete sie.

Vor der Tür stand ein alter Mann mit einem langen weißen Bart und einer witzigen, alten abgenutzten Kopfbedeckung.

„Ich grüße dich, ich grüße dich."

„Kennen wir uns?" fragte Jonathan.

„Mmmh, du mich nicht, aber ich dich. Lässt du mich bitte hinein?"

„Wie komme ich dazu, ich kann doch nicht jeden wildfremden Mann hereinlassen", meinte Jonathan.

„Ich bin ein Wurzelsepp, lass mich bitte hinein."

„Was ist denn ein Wurzelsepp?" fragte Jonathan.

„Wurzelseppe sind Wesen, die im Wald leben. Ich bin kein Mensch, auch wenn ich so ähnlich aussehe wie ein Mensch."

„Stimmt, du bist sehr klein, aber du siehst aus wie ein Mensch", sagte Jonathan, der 1,85 m groß ist und sich den etwa 1,40 m kleinen, älteren Mann ansah.

„Na gut", sagte er, nachdem ihn der Wurzelsepp angrinste, „Komm herein."

Celina bekam große Augen, als sie das kleine Männlein sah. „Ja, wie putzig", sagte sie, „wie putzig, wer ist das denn?"

„Ich habe keinen Namen in eurer Sprache, ich bin ein Wurzelsepp."

„Ein Wurzelsepp?" fragte Celina.

„Ja, du hörst richtig, ein Wurzelsepp."

„Und was ist ein Wurzelsepp?" fragte sie weiter.

„Ein Wurzelsepp ist ein Wesen, das im Wald lebt und eine Verbindung zwischen Menschen und Naturwesen herstellt."

„Naturwesen?" fragte Celina.

Der Wurzelsepp grinste: „Ja, du hast richtig gehört, Naturwesen."

„Aha", sagte Jonathan. „Setz dich doch bitte. Möchtest du etwas trinken?"

„Ein Glas Wasser, wenn`s beliebt."

„Kommt sofort", sagte Celina, ging in die Küche, nahm ein Glas aus dem Schrank und drehte den Wasserhahn auf und füllte es mit Wasser. Als sie das Glas dem Wurzelsepp vor die Nase stellte, trank er es hastig leer.

„Ha, das tut gut, das tut gut, ich bin sehr durstig gewesen. Ich bin drei Stunden gelaufen."

„Ja, wo kommst du denn her?" fragte Jonathan.

„Droben vom Wald, da komm ich her." Dabei zeigte er Richtung Fenster.

„Welcher Wald?" fragte Celina.

„Ja, der Wald da oben." Dann ging er zum Fenster und zeigte auf eine etwa 5 km entfernte Lichtung, die dort zu sehen war.

„Ach, der Hubertushügel", sagte Jonathan, „da kommst du also her."

„Ja, von innen."

„Von innen?" hakte Jonathan nach.

„Ja, da lebe ich, in einer Höhle, jaja!"

„Du bist ein komischer Kauz." Jonathan musste schmunzeln.

„Nein, kein Kauz, du weißt doch, wer ich bin, ein Wurzelsepp."

„Ja, schon gut, o.k. Was möchtest du uns denn sagen, dass du den weiten Weg zu uns gekommen bist?" fragte Jonathan.

„Ich möchte euch mitnehmen, in meine Welt." Der Wurzelsepp grinste jetzt breit über das ganze Gesicht!

„In deine Welt?" fragte Celina.

„Ja, in meine Welt, habt ihr Zeit?"

Es war Freitagnachmittag, etwa 18.00 Uhr. Für Mitte Mai war es schon recht warm. Die beiden schauten sich an und nickten sich zu.

Der Wurzelsepp deutete das Nicken als ein JA!

„Wie lange habt ihr denn Zeit?" fragte er dann.

„Wie meinst du das denn? fragte Jonathan.

„Wie ich es gesagt habe, wie lange habt ihr denn Zeit?"

Er grinste jetzt, sprang auf und tanzte auf einem Bein vor Freude!

Jonathan kratzte sich den Kopf. „Na ja, am Montag müssen wir beide wieder arbeiten…"

Der Wurzelsepp fiel ihm ins Wort: „Wunderbar, wunderbar, dann nehme ich euch mit, ok?"

Jonathan sagte: „Einen Moment bitte, ich möchte mal eben mit Celina unter vier Augen alleine sprechen." Er nahm seine Freundin an die Hand und ging mit ihr ins Badezimmer. „ Sag mal, tickt der noch ganz richtig?" fragte Celina.

Jonathan zuckte mit den Schultern. „Keine Ahnung, wieso?"

„Ja, wir können uns doch nicht einfach entführen lassen."

Jonathan grinste jetzt wie ein kleiner Schulbub, der auf ein spannendes Abenteuer wartet: „Hast du Angst vor dem kleinen Wurzelsepp?"

„Nein, natürlich nicht", sagte Celina, „aber das geht doch nicht so, oder?"

Jonathan zuckte wieder mit den Schultern.

„Soll er uns doch mal seine Welt zeigen, vielleicht ist es ganz interessant…". Jonathan war ein lustiger Bursche, der immer offen für alles Neue war und da er im Sternzeichen „Schütze" geboren und sein Aszendent „Zwilling" war, auch nie verlegen und für alles offen. Celina hingegen war im Sternzeichen „Krebs" geboren und immer sehr vorsichtig. Sie machte nie einen Schritt zu viel, sondern ging lieber einen zurück. Sie war sehr skeptisch.

„Komm, Schatzi", sagte Jonathan zu seiner Freundin.

„Ach, ich weiß nicht, das ist mir alles zu unheimlich."

„Ach, komm, sei nicht so ängstlich", sagte Jonathan. „Wenn du möchtest, nehme ich notfalls mein Taschenmesser mit." „Ja, das Taschenmesser nimmt bitte mit." sagte Celina.

„Gut", sagte Jonathan, „ich nehme es und noch ein paar andere Sachen mit."

Sie gingen wieder ins Wohnzimmer.

Der Wurzelsepp saß da und grinste sie an.

„Kann ich noch einen Schluck Wasser bekommen?" fragte er.

„Selbstverständlich", sagte Jonathan, ging in die Küche und füllte Wasser nach. Auch dieses Glas trank der Wurzelsepp sofort leer.

„Schatzi", sagte Jonathan, „ich glaube es ist besser, wenn du eine ganze Karaffe mit Wasser für unseren Gast bringst."

Sie schmunzelte und sagte: „Hat der einen Durst!"

„Ja, ich habe seit 3 Tagen nichts mehr getrunken."

„Oh, dann hätte ich auch Durst", meinte Jonathan.

Danach fing er an, seinen Survivalrucksack zu packen, wie er es nannte. Dort hatte er eine Notration Lebensmittel schon vorbereitet, die er von der Bundeswehr bekommen hatte. Sein Freund war vor 2 Jahren bei der Bundeswehr gewesen und hatte die sogenannten „Epas" Einwegpackungen gehortet und nicht benutzt. Später bekam sie Jonathan gegen Computerspiele eingetauscht. Er war jetzt froh, dass er sie hatte. Eine halbe Stunde später waren sie abmarschbereit.

„Wir können abkürzen."

Jonathan lächelte, als er das sagte.

„Wie denn?" fragte der Wurzelsepp.

„Ganz einfach, wir fahren mit meinem Auto, dann brauchen wir nicht zu laufen."

Der Wurzelsepp nickte: „Das stimmt allerdings, das können wir machen."

„Ist da oben ein Parkplatz?" Fragte Celina.

„Ja, da ist einer, da kannst du dein Auto stehen lassen", sagte der Wurzelsepp.

„Gut."

Die drei setzten sich in den alten VW-Golf von Jonathan und einige Minuten später ging es los. Es dauerte gar nicht lange, und dann hatten sie den Hubertushügel erreicht. Vor ihnen war eine riesengroße Wand, die nur aus Tannen und Fichten bestand.

„Jetzt beginnt das Abenteuer", sagte das kleine Wesen in mysteriöser Sprechweise.

Langsam folgten sie ihm in den Wald hinein. Celina hatte noch einmal alle Türen und Fenster vom Auto kontrolliert, ob sie auch ja verschlossen waren. Dann sagte sie zu ihrem Freund: „Hast du auch Kerzen dabei?"

Er nickte.

„Auch Streichhölzer?"

Er nickte wieder.

„Dann ist es gut. Hast du auch Weihwasser dabei?" fragte sie ihn plötzlich.

Er zuckte.

„Wieso Weihwasser?" fragte er.

„Na ja, wenn da irgendwelche Dämonen sind oder komische Gestalten…"

Jonathan lächelte.

„Du schaust zuviel Fernsehen", sagte er grinsend.

„Ihr braucht kein Weihwasser, ich pass schon auf euch auf", sagte der Wurzelsepp.

Die beiden mussten lächeln. Er hatte scheinbar ihre Unterhaltung verstanden, seine Ohren schienen gut zu sein, denn er war mindestens 5 Meter vor ihnen hergelaufen.

„Hörst du so gut oder wie machst du das?" fragte Celina.

„Ich verstehe alles telepathisch", sagte der Wurzelsepp.

„Oh, telepathisch", versuchte Celina ihn nachzuäffen.

„Du brauchst dich gar nicht über mich lustig zu machen, ich kann telepathisch alles verstehen."

„Das glaube ich dir nicht", sagte Celina.

„Teste mich!"

Celina grinste und dachte in Gedanken: „Ach, was bist du für ein alter Knacker".

„Ach, was bist du für ein alter Knacker", sagte der Wurzelsepp.

Celina zuckte zusammen!

„Das war nicht so gemeint…"

„Schon gut, schon gut… Glaubst du mir jetzt, dass ich dich telepathisch verstehen kann?"

Celina wurde rot und sagte: „Jaaa, ok, jaaa…" und zitterte dabei leicht.

Jonathan hielt sich die Hand vor den Mund und grinste.

„Pfiffiges Kerlchen!"

„Stimmt, stimmt, stimmt!"

Dreimal hatte er es gesagt und grinste ebenfalls.

Jonathan wusste jetzt, dieser Mann konnte ihn wirklich telepathisch verstehen. Sie mussten also aufpassen, was sie denken und sagten.

„Braucht ihr nicht", sagte der Wurzelsepp. „Einfach normal sein, das ist am einfachsten."

Sie schmunzelten und folgten ihm. Sie gingen etwa 15 Minuten durch den Wald. Am Anfang war der Weg wunderbar, aber dann bog der Wurzelsepp plötzlich nach links ab. Es ging mitten durch das Gehölz.

„Wo führst du uns denn hin?" fragte Celina.

„Das werdet ihr gleich sehen, wir sind bald da."

Auf einmal standen sie vor einem riesigen umgestürzten Baum, dessen Wurzeln und Baumüberreste so groß waren, dass der Wurzelsepp sich darunter verstecken konnte, denn sie waren fast 1,70 m hoch.

„Da geht`s hinein", sagte er.

„Wo?" fragte Jonathan.

„Na da." Das kleine Männchen ging langsam hinter dem Stamm einen Weg hinunter, den man zuerst nicht sehen konnte. Die beiden zogen ihren Kopf ein und folgten ihm. Es war ihnen unheimlich zumute.

„Hol deine Taschenlampe heraus", sagte Celina.

„Das geht jetzt nicht", sagte Jonathan. „Dafür müssten wir stehen bleiben, ich müsste den Rucksack aufmachen, und bis dahin ist das Hutzelmännchen weg."

„Ich bin kein Hutzelmännchen, ich bin ein Wurzelsepp", kam prompt die Antwort.

„Ja, ich meine ja, ein Wurzelsepp."

„Gut, gut. Wenn du eine Taschenlampe brauchst", sagte der Wurzelsepp, „dann hol sie ruhig heraus. Ich warte so lange."

Jonathan nickte, nahm seinen Rucksack vom Rücken, öffnete ihn und holte die Taschenlampe heraus, die man kurbeln konnte. Es war eine praktische Survival-Taschenlampe. Er kurbelte noch einige Male und dann öffnete er sie. Ein

Lichtstrahl kam heraus der zwar nicht sehr groß, aber doch ausreichend war, um etwas zu sehen.

„Blende mich aber nicht", sagte der Wurzelsepp, „das mag ich nicht."

„Nein, das tu ich nicht."

Langsam ging der Wurzelsepp weiter und die beiden jungen Leute folgten ihm. So ging es weitere 15 Minuten immer tiefer und tiefer in die Erde.

Plötzlich blieb der Wurzelsepp stehen. Sie waren an einer Tür angelangt. Sie war rot und rund und etwa 1,50 m hoch.

„Hier geht`s rein."

Dann drückte er die Türklinke herunter. Die Tür quietschte etwas in den Angeln.

„Folgt mir, keine Angst!"

Er ging hinein und dort war eine Treppe, wo es nach unten ging. Es war eine alte Holztreppe.

Celina sagte zu Jonathan: „Pass auf, sie könnte morsch sein, hoffentlich ist hier ein Geländer."

„Ha, Weiber", murmelte Jonathan.

„Das habe ich gehört", sagte das kleine Männchen.

„Ich auch", sagte Celina.

„Ist schon gut, ist mir halt so rausgerutscht", meinte er.

„Ja, ja", sagte Celina.

„Folgt mir, aber geht langsam", sagte das kleine Männlein.

Sie folgten ihm die Treppe hinunter und Celina fing an zu zählen. Sie begann bei 1 und als sie unten waren, hatte sie 367 Stufen gezählt.

„Puh, wenn man die alle wieder rauf muss", dachte sie noch.

„Müsst ihr irgendwann, aber nicht jetzt", sagte der Wurzel-sepp.

Vor ihnen tat sich eine andere Welt auf.

„Wo sind wir hier?" fragte Jonathan.

„Wo ihr seid? Das ist das Reich des Pan, wie es so schön heißt."

„Das Reich des Pan..., ah Pan! Das ist doch der mit der Panflöte, oder?" fragte Celina.

„Ja, das ist eine der vielen 5000, 10000, 20000 Geschichten oder wie auch immer, die es um Pan gibt..."

Der Wurzelsepp grinste spitzbübig.

„Aber eine Panflöte hat er, nach ihm ist sie ja benannt."

„Du, Wurzelsepp?"

„Ich heiße nicht Wurzelsepp, ich bin ein Wurzelsepp."

„Ja, ist schon gut, du der du ein Wurzelsepp bist."

Jonathan lächelte jetzt über seine eigene Formulierung.

„Ich höre", sagte der Wurzelsepp.

„Wo sind wir hier wirklich?"

„Ich hab`s dir doch gesagt, Jonathan, im Reich des Pan."

„Verschaukle mich bitte nicht. Wo sind wir hier?"

„Im Reich des Pan."

„Was ist das Reich des Pan denn?" fragte Celina.

„Pan ist der Anführer der Naturwesen, und dort, wo ihr jetzt seid, waren bisher nur sehr wenige Menschen."

„Aha", sagte Jonathan. „Und wo ist dieser Pan, stell ihn mir doch mal vor."

„Er kommt zu gegebener Zeit", sagte der Wurzelsepp.
Plötzlich kam etwas angeflogen.

„Ein Schmetterling...", dachte Celina. „Nein, kann nicht sein", sagte sie sofort danach, „der ist ja viel zu groß."

„Hi, hi, hi, ich grüße euch, hi, hi, hi",

„Was ist das, wer spricht da?" fragte Jonathan.

„Ach, das ist eine Elfe, sie kommt uns begrüßen."

„Eine Elfe?" fragte Celina, „die gibt es doch nur im Märchen."

„Pustekuchen!" sagte auf einmal eine tiefere Stimme.

Celina drehte sich um und dort stand ein Gnom. Er war etwa 90 cm groß.

„Was ist das, sind wir hier bei – oh, wo sind wir hier?"

„Ach, das ist doch nur ein Gnom", sagte eine andere Stimme.

Celina drehte sich wieder um. Dort stand ein Zwerg.

„Ah, ein Zwerg", sagte Jonathan. „Gibt`s die also wirklich?"

„Natürlich gibt es uns", sagte der Zwerg.

„Ja, und das ist also das Reich, wo du sagst, wo wir Pan treffen können?" fragte Jonathan.

„Oh, Pan kommt zur rechten Zeit", sagte der Zwerg.

„Sollen wir uns kurz vorstellen? Ich bin Hubertus", sagte der Zwerg.

„Angenehm", sagte Jonathan.

„Der Hügel ist nach mir benannt worden."

„Nach dir, nach einem Zwerg?" fragte Celina.

„Oh, tu nicht so, ich bin ein Zwerg, aber dieser Hügel ist trotzdem nach mir benannt worden. Ich war der Erste, der sich den Menschen gezeigt hat, und deswegen wurde der Hügel nach mir benannt."

„Ah, du hast den Menschen also gesagt, dass du Hubertus heißt."

Jonathan schaute das etwa 80 cm große Männlein mit dem erdfarbenen Bart und der lustigen Zipfelmütze genauer an.

„So ist es!"

„Ah ja", sagte Jonathan, „sehr interessant! Und der andere da neben dir, wer ist das?"

„Das ist Sandelholzer!"

„Mmmh", machte Celina, „Sandelholzer, das klingt ja wie Sandelholz."

„Willst du mich verschaukeln?" fragte der Zwerg.

„Nein, nein, natürlich nicht", sagte Celina.

„Sandelholzer ist ein ehrenwerter Name. Ich bin Sandelholzer, der Fünfte, und mein Vater war Sandelholzer, der Vierte."

„Kann es sein, dass ihr früher mit Sandelholz gehandelt

habt?" fragte Celina und fing an zu lachen.

„Ich glaube, ich muss der jungen Dame mal Manieren beibringen", sagte der Zwerg Sandelholzer und stellte sich vor sie hin.

„Wenn du mich noch einmal beleidigst, trete ich dir auf den Fuß oder gegen das Schienbein, ja, ja!"

„Ist der frech", sagte Celina lachend.

„Nein, das ist sein gutes Recht, ihr seid unhöflich. Sie lachen ja auch nicht über eure Namen – Celina, ha, ha oder Jonathan."

„Jonathan heißt aber „Geschenk Gotte", sagte Jonathan.

„Es sagt ja keiner, dass dein Name schlecht ist", sagte der Wurzelsepp, aber es macht sich keiner darüber lustig. Also solltet ihr unsere Namen auch akzeptieren."

„Ok, ist in Ordnung", sagte Jonathan.

„Gut", sagte auch Celina. „Gut. Wie heißt eigentlich die süße kleine Elfe da?" fragte sie.

„Ich bin Rosaria, eine kleine süße Elfe, wie du schon sagst."

„Du bist ja höchstens 15 cm groß…"

„Das reicht doch! Wenn ich will, kann ich auch größer sein. Ich bin ja dafür da, um den Blumen zu helfen."

„Und jetzt sind sie alle da, um euch zu begrüßen, um euch in Empfang zu nehmen", sagte der Wurzelsepp.

„Das ist aber nett", sagte Celina, „wirklich nett."

Jonathan nickte ebenfalls zustimmend.

2. Kapitel – Pan erscheint

Wenige Minuten später hatten sich alle miteinander bekannt gemacht.

Der Gnom, dessen Name Dumpa war, zeigte nach links. Dort war ein wunderschöner Baum. Er war so schön, wie ihn die beiden Freunde noch nie auf der Erde gesehen hatten.

„Was ist denn das für ein Baum?" fragte Jonathan.

„Das ist der Wunscherfüllungsbaum."

„Was, ein Wunscherfüllungsbaum?" fragte Celina, „gibt`s das wirklich?"

„Jaaa!" kam eine einstimmige Antwort von allen Anwesenden.

In dem Moment sprach jemand anderes.

„Ich wünsche einen Gott zum Gruß", sagte eine männliche Stimme hinter ihnen.

Sie drehten sich um. Dort stand eine etwa 1,90 m große Gestalt und lächelte sie mit schönen warmen blauen Augen an.

„Wer ist das denn?" fragte Celina und schaute sich ihn genauer an.

„Ich bin der, den man Pan nennt", sagte er, „Gott zum Gruß!"

Dabei verneigte er sich und nahm seine Kopfbedeckung ab. Er hatte rotbraune Haare.

„Ah, du bist Pan", sagte Jonathan und trat ihm entgegen und streckte ihm die Hand entgegen.

Pan schüttelte den Kopf.

„Wir geben uns nicht die Hand."

Dabei hob er seine rechte Hand, wie es die Indianer zu tun pflegen und sagte: „Gott zum Gruß!"

Jonathan und Celina hoben auch ihre rechte Hand und sagten: „Gott zum Gruß."

Jonathan fragte: „Ist das hier eure Begrüßung?"

„So ist es. In eurer Welt gibt man sich die Hand, ich weiß, aber in dieser Welt nicht."

„Warum nicht, Pan?"

„Die Frage ist nicht – warum nicht, sondern es ist einfach so", sagte Pan.

Die beiden zuckten mit den Schultern und sagten: „O.k."

„Pan?" fragte Celina.

„Ja, mein Kind."

Celina musste lachen. „Mein Kind hört sich gut an."

„Wenn du wüsstest, wie alt ich bin", sagte Pan, „dann würdest du es akzeptieren, wenn ich sage, mein Kind."

„Ich bin immerhin schon 24 Jahre alt", sagte Celina.

„Siehst du", sagte Pan, „und ich bin viele, viele Male älter. Das muss erst mal reichen."

„Na gut", sagte Celina. „Pan, warum sind wir jetzt hier hergebracht worden?"

„Ihr seid aus einem ganz bestimmten Grund hier, denn ihr zwei seid zwar ein bisschen naiv, was das Geistige betrifft, aber ihr habt beide ein großes Herz, und das ist ganz wichtig."

„Wir sind naiv?" fragte Jonathan.

„Ja, ein bisschen schon, aber das erkläre ich euch später. Aber das Wichtigste ist, ihr seid grundehrlich und ihr habt ein gutes Herz, und nur das ist wichtig, denn wir hier sehen von den Menschen immer nur zuerst das Herz und die Seele, und anhand des Herzens und der Seele können wir feststellen, ob ein Mensch ehrlich ist, ob ein Mensch zu uns passt und ob ein Mensch auch fähig ist, das aufzunehmen, was wir ihm hier zeigen möchten."

„Verstehe", sagte Jonathan, „weißt du, ich bin 25, ich bin noch ganz jung."

„Ich weiß, mein Sohn, ich weiß...",sagte Pan. „Nichtsdestotrotz hast du ein großes Herz, du bist sehr ehrlich, sehr liebevoll und magst alle Menschen, alle Tiere, alle Bäume und alles, was lebt."

„Das stimmt", sagte Jonathan.

„Ich auch", ergänzte Celina.

„Genau aus diesem Grund seid ihr zwei auch zusammen, obwohl ihr so grundverschieden seid."

Die beiden schauten sich an und lächelten.

„Darf man sich hier ein Bussi geben?" fragte Jonathan.

„Natürlich", sagte Pan lächelnd.

Zur Freude gab Jonathan seiner Freundin einen Kuss auf den Mund. Sie errötete leicht.

„Aber doch nicht vor allen Leuten hier", sagte sie.

„Das war doch nur die Bestätigung", sagte Jonathan lächelnd.

Danach lächelte auch seine Freundin.

„Gut, das darfst du dann."

Pan zeigte nach vorne.

„Dort, das ist der Wunscherfüllungsbaum. Habt ihr einen bestimmten Wunsch? Wenn er tief aus dem Herzen kommt und wenn unser Schöpfer, GOTTVATER es erlaubt, dann wird er euch auch erfüllt werden."

„Haben wir uns diesen Wunsch auch verdient?" fragte Celina.

„So ist es. Mit eurer unermüdlichen Hilfsaktion für Mutter Erde, für die Menschen, für die Tiere, mit euren Gebeten und mit euren wunderbaren Geschichten."

„Du kennst unsere Geschichten, Pan?" fragte Jonathan.

„Natürlich, ich kenne die Geschichten, die ihr den Kindergartenkindern immer wieder erzählt, die ihr euch ausdenkt oder glaubt auszudenken, dabei werden sie euch eingegeben."

Celina errötete, denn sie war Kindergärtnerin und erzählte den Kindern mit wachsender Begeisterung Geschichten von Blumen und von Bäumen und von Tieren, nur von Naturwesen nicht, denn die kannte sie bisher nicht, aber das sollte sich jetzt ändern.

„Pan?"

„Ja?" sagte er.

„Ich habe einen Wunsch", sagte Jonathan.

Dann sprich ihn nicht aus, sondern berühre oder umarme den Wunscherfüllungsbaum und sprich deinen Wunsch in Gedanken."

„Darf ich auch?" fragte Celina.

„Natürlich, der Baum ist ja groß genug."

Jonathan ging an die eine Stelle des Baumes und Celina an die andere. Und beide umarmten den Baum. Plötzlich fing er an zu vibrieren, dass die beiden sich erschreckten.

„Nicht loslassen!" sagte Pan. „Das ist ganz normal. Gleich wird euer Wunsch in Erfüllung gehen."

Der Baum vibrierte und vibrierte, so ähnlich, als wenn man einen Presslufthammer anfassen würde bei der Arbeit.

Es kribbelte beide durch den ganzen Körper. Plötzlich stoppte der Baum. Die beiden zuckten zusammen!

„Was ist los?" fragte Jonathan.

„Dreht euch doch mal um", sagte Pan.

Die beiden schauten zu ihm herüber.

„Wo sind wir?" fragte Jonathan.

„Ja, wo sind wir?" fragte auch Celina.

„Ihr seid auf der anderen Erde."

„Auf der anderen Erde?" fragte Jonathan irritiert.

„Ja, auf der anderen Erde. Ihr seid in Genodrien."

„Genodrien?" fragte Celina.

„Ja, Genodrien ist genau die Parallelwelt zu eurer Welt, dem Allgäu."

„Genodrien…, aha!" sagte Jonathan, „ Interessant. Aber, was ist eine Parallelwelt?" wollte er wissen.

„Eine Parallelwelt ist praktisch eine gespiegelte Welt zu eurer Welt. Ich kann das jetzt nicht so genau in eure Worte kleiden, aber im Laufe des Tages werdet ihr schon feststellen, was für Unterschiede hier sind", meinte Pan.

„Wieso im Laufe des Tages?" fragte Celina. „Sollen wir so lange bleiben?"

„Der Wurzelsepp hat euch doch gefragt, wie lange ihr Zeit habt und ihr sagtet, dass ihr erst am Montag wieder zur Arbeit müsst."

„Das ist richtig", sagte Jonathan.

„So, und da sind wir davon ausgegangen, dass ihr bis Sonntagabend Zeit habt…"

Pan grinste.

„So, seid ihr davon ausgegangen", sagte Celina. „Ihr hättet uns ja auch fragen können…"

„Warts ab", sagte Jonathan, „lass uns doch erst einmal diese Welt kennen lernen. Es ist so spannend!"

Dabei schaute er mit funkelnden Augen sich alles an.

„Genodrien, wie sich das anhört, so wundervoll, so außergewöhnlich…"

„Wart erst mal ab, bis du Bambusien kennen lernst", sagte Pan.

„Bambusien? Wieso heißt es Bambusien?" wollte er wissen.

„Weil dort so viel Bambus wächst", sagte Pan.

„Ah, Bambus-ien, jetzt habe ich es verstanden", sagte Celina lachend, „interessant. Wie viele Länder gibt es denn bei euch auf dieser Erde?"

„Drei – Genodrien, Bambusien und Treasolien."

Celina lachte. „Treasolien, die klingen alle so ...na ja, so lustig. Aber ich soll mich ja nicht lustig machen, Entschuldigung", sagte sie.

„Eure Namen klingen auch in unseren Ohren und in unserer Sprache schwierig", sagte Pan.

„Und was habt ihr für Bewohner?"

„Hier leben Menschen, ganz normal, wie bei euch auch."

„Menschen, aha, nicht so kleine Zwerge und so."

Celina war in ihrem Element!

„Nein, die waren in meinem Reich", sagte Pan. „ Wir sind jetzt wieder auf der Erde, aber auf der Parallelerde."

„Ach so, ach so, interessant", sagte Celina. „Führst du uns da hin?"

„Ja, einen Moment bitte."

Pan fasst sich an die linke Schläfe und danach an die rechte Schläfe mit dem Daumen und drehte die Daumen hin und her. Auf einmal erschien wie aus dem Nichts ein Raumschiff vor ihnen. Die beiden zuckten zusammen.

„Was hast du gemacht, Pan?" fragte Celina.

„Ich habe mein Schiff sichtbar gemacht, das ist alles."#

„Und wieso hast du dir dabei an die Schläfen gefasst?" fragte Jonathan.

„Ich habe es aktiviert. Wie das funktioniert, kann ich euch jetzt schlecht erklären, es ist einfach so. Tretet bitte näher."

Pan schaute auf sein Raumschiff, es war ein kleiner Gleiter, und es öffnete sich wie aus dem Nichts eine kleine Tür. Das Schiff war etwa 5 m lang und etwa 2,50 m hoch.

Die drei traten ein. Sie sahen eine Konsole und 5 Sitzplätze. Pan setzte sich an die Konsole und bat die anderen beiden Freunde dort neben ihm Platz zu nehmen. Sie setzten sich.

Pan schaute auf die Konsole und sagte: „Bambusien 1473."

Dann schloss sich die Tür, und der Gleiter hob ganz sanft ab.

„Fliegen wir jetzt?" fragte Celina.

„Blöde Frage", sagte Jonathan, „schau doch nach unten, du siehst doch, dass wir fliegen."

„Entschuldigung, war nicht so gemeint", sagte sie. „Ich bin so aufgeregt", sagte Celina.

„Ich auch", meinte Jonathan, „bleib doch einfach cool, uns tut doch keiner was."

„Ja, ja, ist schon gut."

Der Flug ging ganz sanft vonstatten. Sie spürten keinen Ruck.

„Wenn ihr möchtet, könnt ihr aus dem Fenster sehen", sagte Pan, „dort!" – und er zeigte auf die andere Seite vom Schiff.

„Aber da sind keine Plätze, da kann man nicht sitzen", sagte Jonathan.

„Das macht nichts, ihr könnt euch auch da hinhocken, wenn ihr möchtet. Das Schiff wird nicht wackeln, ihr werdet nicht hinfallen."

Jonathan nickte.

„Bleib hier", sagte Celina und versuchte ihn festzuhalten.

„Sei doch nicht albern, ich bin doch nur 2 m von dir weg."

Und dann rutschte er rüber und hockte sich hin und schaute aus dem Fenster. Alles leuchtete in den Regenbogenfarben, in silbrigen, in goldenen Farben, es war einfach wunderschön.

„Hier ist es ja wie im Schlaraffenland oder wie, ich weiß gar nicht, wie ich es sagen soll, vielleicht wie bei Ali Baba."

„Es ist viel schöner hier", sagte Pan. „Hier ist alles nur reine Natur, unberührt, nichts ist kaputt, alles ist natürlich. Hier wird kein Raubbau betrieben, hier wird nichts kaputt-gemacht."

„Hach ist das herrlich", sagte Jonathan, „so etwas auf unserer guten alten Erde wäre doch auch schön."

„Wir sind hier auch auf der guten alten Erde, nur in einer anderen Phase."

Pan lächelte.

„Andere Phase?" fragte Celina.

„Ja, andere Phase. Ihr müsst euch das so vorstellen: Es gab immer die Möglichkeit für die Menschen zu wählen zwischen Gewalt, zwischen Verbrechen, zwischen Brutalität und zwischen Frieden oder Harmonie."

„Ha, ich glaub ich weiß, was du sagen möchtest", fiel ihm Celina ins Wort.

„Kann es sein, dass du auf Adam und Eva anspielst und dass Eva ihn vielleicht nicht verführt hat mit dem Apfel usw.?"

„Nein, soweit möchte ich nicht zurückgehen", sagte Pan, „aber im Prinzip habt ihr nicht ganz unrecht. Es ist einmal eine Phase auf der Erde gewesen, wo die Menschen sich zur Wehr gesetzt haben in diesem Teil der Erde, und sie haben alles Böse verbannt und nur noch den Frieden ins Herz gelassen."

„Kann das auf unserer Erde auch geschehen?" fragte Jonathan.

„Es wird geschehen, es wird, aber es dauert noch ein bisschen, aber bis dahin solltet ihr hier diese Ereignisse in euch aufnehmen und dann den Menschen auf eurer Erde davon berichten."

„Ach, die halten uns doch für plemplem…"

„Nein", sagte Jonathan, „ich hab schon eine Idee, wie ich es weitergeben kann", und grinste.

„So, hast du?" fragte Celina.

„Ja, aber nicht jetzt, lass es uns genießen, lass uns alles sehen… Blöd!" sagte Jonathan, „blöd, blöd!"

„Was ist blöd?" fragte Celina.

„Ich habe meinen Fotoapparat vergessen."

„Den brauchst du nicht, außerdem würde er hier nicht funktionieren", sagte Pan, „es ist hier nicht deine Welt."

„Ach so, na ja gut, dann bin ich ja froh, dass ich ihn nicht dabei habe."

„Aber du kannst trotzdem jedes Bild fotografieren, du musst dir einfach nur fest vornehmen, dass du dir jedes Bild mit deinen Augen einprägst."

„Geht das?" fragte er.

„Ja, du schaust mit deinen Augen und machst einmal klack, Augen zu, und dann hast du es gespeichert."

„Das geht?"

„Natürlich", sagte Pan.

„Geht das auch bei uns drüben auf der Erde?"

Jonathan bohrte nach.

„Mmmh, in einiger Zeit, momentan noch nicht."

„Aha!" Celina war jetzt neugierig geworden.

„Ein Einhorn, da ist ein Einhorn!" rief sie plötzlich.

„Das ist kein einfaches Einhorn", sagte Pan erklärend, „das ist Pegasus. Pegasus begleitet uns."

„Pegasus kenn ich aus der griechischen Mythologie", sagte Jonathan. „Pegasus kann doch fliegen und hat ein Horn."

„Richtig, pass mal auf", sagte Pan und gab Pegasus einen geistigen Befehl. Das Horn in der Stirn verschwand und auf der Seite, links und rechts, wuchsen Flügel. Pegasus lief weiter und auf einmal hob es ab und flog zu ihnen empor.

„Das gibt`s doch nicht", sagte Celina bewundernd, „das glaube ich ja wohl nicht."

„Du kannst es ruhig glauben", sagte Pan. „Du siehst es doch mit eigenen Augen."

„Ja, aber es ist schier unglaublich", sagte Celina.

„Glaub`s ruhig", sagte Jonathan, „ich glaub`s ja auch. Jetzt ist es schon ärgerlich, dass ich meine Digitalkamera nicht dabei habe…"

„Jetzt hör auf, du kannst doch hier keine Fotos machen", sagte Celina.

„Ja, hast schon recht, stimmt ja", sagte er.

Pegasus war mittlerweile neben dem Gleiter.

„Ich grüße dich, mein Freund", sagte Pan jetzt laut zu Pegasus rüber. Dann schaltete er auf einen Knopf und auf einmal waren Lautsprecher an.

„Gott zum Gruß, ihr Lieben, ich grüße euch alle", sagte Pegasus.

„Pegasus kann ja sprechen", sagte Celina erstaunt.

„In der Tat", sagte Pan, „alle Naturwesen können sprechen."

„Ach, Pegasus ist auch ein Naturwesen?" fragte Celina.

„Ja, so ist es."

„Interessant, interessant!" Celina schaute aus dem Fenster und betrachtete Pegasus.

„Darf ich einmal auf ihm reiten oder fliegen?"

„Ah", sagte Jonathan", Mädels und Pferde, … wenn Mädels Pferde sehen, wollen sie sofort reiten. Das ist doch immer dasselbe…"

„Halt die Pappen!" echauffierte sich Celina, „sei nicht so frech!"

„Natürlich darfst du auf mir reiten oder fliegen", sagte Pegasus lächelnd „und du auch Jonathan. Hab nicht immer solche Vorurteile."

„Ist ja schon gut", sagte er.

„Die Mädels sagen ja auch nichts, wenn ihr euch für Autos interessiert oder Fußball usw."

„Ich bin kein Fußballfan", sagte Jonathan „und für Autos interessiere ich mich auch nicht."

„Dann bist du aber eine große Ausnahme", sagte Pegasus.

„Ja, das stimmt, in der Tat."

„Pan, ich bin durstig", sagte Celina.

„Habt ihr was zum Trinken da, Wasser oder so?"

„Natürlich haben wir was da, aber etwas viel Edleres als Wasser: Nektarwasser!"

„Nektarwasser?" fragte sie.

„Ja, edelsten Taunektar, veredelt mit dem reinsten Wasser, was ihr euch nur vorstellen könnt. So etwas gibt es auf der Erde nicht!"

„Oh, da bin ich ja gespannt", sagte Celina.

Wie aus dem Nichts öffneten sich zwei Klappen in der Wand, und in beiden stand ein Glas mit diesem Taunektarwasser.

„Probiert es, es ist köstlich, und es löscht euren Durst."

Die beiden nippten vorsichtig an dem Wasser und dann tranken sie es beide schnell leer.

„Oh, wie köstlich, das ist ja wunderbar, können wir Nachschlag kriegen?" fragte Celina keck.

„Ja, das könnt ihr, aber ihr solltet nicht so schnell trinken, lieber langsam. Dann genießt ihr es mehr."

„Gut, beim nächsten Mal." Sie stellten ihre Gläser wieder ab und sie wurden wie aus dem Nichts gefüllt.

„Wau, super", sagte Jonathan, „das wäre doch cool, wenn wir so etwas zuhause hätten."

„Es wird zu gegebener Zeit da sein", sagte Pan. „Doch jetzt lasst uns weiterfliegen. In einigen Minuten werden wir landen."

„Ist das da vorne Bambusien?" fragte Celina.

„Nein, wir sind immer noch in Genodrien, aber wir sind gleich da."

Pan sagte dann: „Bitte festhalten, wir erhöhen die Geschwindigkeit, sonst dauert es zu lange."

Die beiden setzten sich auf den Stuhl und hielten sich fest. Pegasus wieherte und auf einmal beschleunigte der Gleiter auf eine sehr hohe Geschwindigkeit. Die beiden konnten nicht mehr hinausgucken, es waren nur noch Striche zu sehen.

„Wo ist Pegasus?" fragte Celina.

„Er folgt uns, kein Problem. Pegasus kann die Geschwindigkeit mithalten."

„Was, ein Pferd, das so schnell fliegen kann?"

„Nun, Pegasus ist kein Pferd", sagte Pan.

„Ja, natürlich", sagte Jonathan, „ich habe dich schon verstanden."

Nach 30 Sekunden wurde der Gleiter auf einmal wieder langsam.

„Sind wir gleich da?" fragte Celina.

„Ja, wir sind da, in der Tat."

Langsam ging der Gleiter nach unten, und es fuhren unten 3 Füße heraus, auf denen er sanft aufsetzte. Die Tür ging auf, und Pan trat nach draußen.

„Ihr könnt mir folgen."

Sie schauten sich um. Es war ganz anders, irgendwie wie in einem Märchen oder wie in einem Traum… Der Himmel war blau, wie er blauer nicht sein konnte, überall blühte und glitzerte es und es war überall grün und blau. Vor ihnen floss ein kleiner Bach.

„Dieses Wasser ist so rein, dass ihr es pur trinken könnt, es hat keine Gifte, keine negativen Stoffe, es ist reines Lebenselixier", meinte Pan.

„Wow!" sagte Jonathan.

„Lass diese englischen Ausdrücke", sagte Celina, „das mag ich nicht, sprich deutsch."

„Streitet euch bitte nicht", sagte Pan. „Das darf man hier nicht."

„Man darf sich hier nicht streiten?" fragte Jonathan.

„Nein, sonst kann man die hohe Schwingung nicht halten, aber eure Herzensenergie, die ist so hoch, deshalb haben wir euch ja eingeladen."

„Entschuldigung", sagte Celina, „war nicht so gemeint."

„Kein Problem", sagte Pan. „Ich habe es euch ja gesagt."

In dem Moment hörten sie Flügel schlagen. Pegasus war gelandet!

„Oh, das ging aber schnell!" sagte Jonathan anerkennend.

„Ja, auf meine alten Tage muss ich manchmal ganz schön Gas geben, um mit Pan mitzuhalten", lächelte Pegasus…

„Kleiner Scherzbold", sagte Pan, „du und alte Tage, ha, ha, ha"

„Man darf ja wohl noch mal einen Witz machen, oder?"

Alle lächelten.

„Na ja, solange du nicht alte Schachtel zu mir sagst", sagte Pegasus zu Pan.

Pan schmunzelte.

„Er ist zu viel bei den Menschen", sagte Pan, „er nimmt immer wieder Sprüche auf."

„Ist doch lustig", sagte Jonathan.

„Das schon, aber in dieser Welt ist es sehr ungewöhnlich, Witze zu machen. Ungewöhnlich - Man lacht viel, man freut sich, aber Witze sind eher ungewöhnlich, aber wenn er nicht unter der Gürtellinie ist, darf man schon Witze erzählen, aber es nicht so häufig der Fall."

„Ach so", sagte Celina. „Sag mal Pan..."

„Ja?"

„Ich habe eine Frage."

„Frag ruhig", meinte Pan.

„Ja, wie wäre es denn, wenn du uns mal ein paar Menschen zeigst. Wir möchten doch mal die Menschen hier kennen lernen."

„Kommt Zeit, kommt Rat. Kennst du dieses Sprichwort von der Erde?" fragte Pan.

„Ja, ich bin manchmal etwas ungeduldig", sagte Celina. Sie taute wirklich auf. Ihre Angst war wie fortgeblasen. Jetzt war sie auch neugierig.

„Cool", sagte Jonathan.

„Du mit deinen englischen Worten..."

„Pssst, pssst", machte Pegasus, „nicht streiten."

„Ja, ist schon gut, wir streiten ja nicht, wir kabbeln uns nur."

„Was ist denn kabbeln?" fragte Pegasus neugierig.

„Na ja, das ist so ein Liebesnecken", sagte Pan. „Stimmt`s?"

„So kann man es auch ausdrücken", sagte Jonathan, „aber wir meinen das nie böse."

„Dann ist es ja gut."

„Also, wir sind jetzt in Bambusien oder?" fragte Celina.

„Ja, wir sind in Bambusien."

„Und was ist es auf der Erde?" fragte Jonathan.

„Das ist die Gegend bei euch, die ihr Rocky Mountains nennt, ah oder ein Großteil von Nordamerika."

„Rocky Mountains, das kenne ich, ja, da gibt es diesen Mount Shasta und da gibt es den Yellow Stone Nationalpark und so weiter..."

Jonathan sagte das lächelnd.

„Genau, und da sind wir jetzt, in der Höhe des Yellow Stone Parks."

„Wow, super!" sagte Jonathan.

„In der Höhe des Yellow Stone Parks. Genau, und auf eurer Erde gibt es da einen Riesensupervulkan."

„Ja, den kenne ich, und das ist der Old Faithful, dieser Geysir, der immer spuckt."

Jonathan freute sich über seine Geographiekenntnisse.

„Genau. Und den gibt es hier auch."

Pan lächelte.

„Echt?" fragte Celina, „wirklich?"

„Ja, nur dass er hier nur so heißes Wasser von sich gibt, was man bei euch Therme nennt. Man kann da baden oder sich einfach wohlfühlen."

Pan musste überlegen, dass er die richtigen Worte fand.

„Und wo ist er?" fragte Celina aufgeregt.

„Da vorne, keine 100 m von hier."

Und Pan ging los und sie folgten ihm. Pegasus trottete hinter drein. Da sahen sie ein wundervolles Gebilde, es war ein Traum, ein hoher Berg und davor war dieser Geysir, und davor waren Menschen. Sie waren alle leicht bekleidet, nicht nackt, sie hatten etwas leichtes an und gönnten sich ein Bad in diesem warmen Wasser.

„Da sind ja die Menschen."

Celina war erfreut.

„Hallo, grüßt euch, ihr seid also die beiden von der anderen Erde", wurden sie begrüßt.

Sie zuckten zusammen.

„Sind wir hier schon angekündigt worden?"

Pan grinste. „In der Tat. Ich war so frei."

„Na ja, ok", sagte Jonathan.

Sie traten zu den Menschen vor, die alle so etwas wie Badeanzüge anhatten.

„Wir haben uns extra etwas angezogen für euch, wir wollten uns nicht so darstellen wie wir sind."

„Wieso, seht ihr nicht so aus wie ihr?"

„Nein, wir sehen nicht so menschlich aus wie ihr. Aber wir haben Bilder von euch drüben bekommen und haben uns so dargestellt wie ihr aussieht und extra für euch auch solche Anzüge angezogen."

„Das hätte doch nicht sein müssen. Wie seht ihr denn aus?!"

„Na ja, etwas lichter, etwas transparenter."

„Ach so, aber ihr tragt schon Kleidung, oder?"

„Natürlich, aber nicht beim Baden normalerweise."

„Ach, ihr habt das extra für uns jetzt gemacht", sagte Celina.

„Ja, damit ihr euch nicht erschreckt."

„Wieso, kann man durch euch durchgucken?" fragte Jonathan.

„Na ja, wir sind lichter, sagen wir so, so wie ihr die Naturwesen vorhin gesehen habt, die Elfen und so."

„Ah so aus Licht, so Kleidung aus Licht und so", sagte Celina.

„Genau. Aber ihr seht doch jetzt so aus wie wir."

„Ja, wir haben uns angepasst, das können wir, aber wir können diese Anpassung nicht stundenlang aufrechterhalten, nur einige Minuten."

„Ach so", sagte Jonathan. „Wer seid ihr denn?"

„Wir sind die Eriba.

Jonathan lächelte. „Eriba, aha. Ist es ein Volk?"

„Ja, es ist ein Volk, so wie ihr Deutsche seid, sind wir die Eriba."

„Wie viele Völker gibt es hier auf diesem Planeten oder auf der Erde?"

„Es gibt 12 Völker."

„Aha, und es gibt 3 Länder, oder?" fragte Celina.

„Genau, 3 Länder. Es gibt Genodrien, Bambusien und Treasolien."

„Wie lange..., ja, ich habe so viele Fragen", sagte Jonathan.

„Immer der Reihe nach, immer der Reihe nach. Möchtet ihr euch frisch machen?"

„Na ja", sagte Jonathan, „sei mir nicht böse, Pan, aber es ist so heiß heute, ich habe echt gesagt keinen Bock, jetzt so in eine heiße Therme zu gehen."

„Ihr müsst euch doch nicht in der heißen Therme frisch machen", sagte Pan, „daneben ist ein kühler Bach."

„Oh, kühler Bach hört sich gut an."

Dann zeigte Pan mit der Hand nach links. „Dort, 50 m weiter, ist ein kühler Bach, da könnt ihr euch erfrischen."

Das ließen sich die beiden nicht zweimal sagen, sie liefen auf den Bach zu und erfrischten sich.

3. Kapitel – Die Bewohner von Eriba stellen sich vor

Nachdem sich Celina und Jonathan frisch gemacht hatten, kamen sie mit einem Lächeln zu Pan zurück.

„So ein Wasser haben wir noch nie erlebt, es ist wunderbar kühlend, erfrischend und es stärkt einen. Man hat das Gefühl, wenn man das Wasser ins Gesicht bekommt", sagte Jonathan, „dass es irgendwie prickelnd ist und in den ganzen Körper hineinfließt."

„So ist es auch", sagte Pan. „Es nimmt Kontakt über die Haut mit eurem ganzen Körper auf und fängt an, ihn zu reinigen, zu regenerieren und zu stärken."

„Das ist ja wie ein Jungbrunnen", sagte Celina.

„So kann man es nennen. Ich möchte euch jetzt zwei Familien vorstellen", sagte Pan. „Sie werden uns jetzt bei unserer Reise begleiten, und sie möchten auch einmal euer Land, eure Erde, kennen lernen. Ihr lebt auf dem gleichen Teil von Genodrien, wie sie. Genodrien ist Europa und dieser Teil ist mit dem Allgäu und der Bodenseeregion gleichzusetzen."

„Ah, interessant", sagte Jonathan „und wann kommen sie?"

Pan lächelte. „Da kommen sie schon."

Sie sahen 6 Personen auf sich zukommen. 2 Männer, 2 Frauen und 2 ziemlich weit entwickelte Mädchen, meinte Celina zu sehen. Der erste Mann blieb stehen, hob auch wieder den rechten Arm und sagte: „Gott zum Gruß, ich bin der Jensen." Die zweite Frau kam hinter ihm her und meinte: „Gott zum Gruß, ich bin die Hallo." Die Tochter, die dahinter stand, sagte: „Gott zum Gruß, ich bin die Petzl."

Danach kam die zweite Familie. So ging es weiter, der Arm wurde gehoben und es wurde gesagt: „Gott zum Gruß, ich bin der Hans." Die Frau sagte: „Gott zum Gruß, ich bin Dora" und die Tochter sagte: „Gott zum Gruß, ich bin Helanie."

„Wie sollen wir uns all diese Namen merken?" fragte Jonathan.

„Ach, das werdet ihr schon", meinte Pan.

„Bei uns gibt man sich die Hand oder man nimmt jemand in den Arm, den man mag, und wir finden euch alle so sympathisch, dürfen wir euch das zeigen?" fragte Jonathan.

Die Eribaer nickten. Jonathan ging auf Hallo zu, nahm sie in den Arm und drückte sie. Danach drückte er Petzl und Jensen, dann die zweite Familie, Hans, Dora und Helanie. Das gleiche machte Celina.

„Ah, interessant", sagte Jensen, „eine interessante Technik. Man spürt die Herzenswärme des anderen, sehr schön, aber das mit dem Hand geben mögen wir nicht", sagte er, „das ist irgendwie so befremdend."

„Müsst ihr ja nicht", sagte Celina. „Wir wollten es euch ja nur zeigen."

„Aber jetzt, da ihr in unserem Reich seid, in unserem Land", sagte Hans, „können wir euch ja rumführen."

„Dürfen wir eine Stadt sehen?" fragte Celina.

„Wir haben keine Städte wie ihr auf der Erde, wie uns Pan mitteilte, sondern wir haben nur Dorfgemeinschaften. Die Menschen leben hier in Dörfern zusammen."

„Und wie viele Menschen sind da, die da leben?" fragte Celina.

„Es leben immer etwa 30 – 50 Menschen in einem Dorf zusammen."

„So wenige?" fragte jetzt Jonathan.

„Ja, wir haben nicht so viele Einwohner wie ihr, auf unserer Erde. Nennt ihr eure Erde eigentlich auch Erde?"

„Ja, sie heißt auch Erde, wir nennen sie Mutter Erde."

„Ah, das ist doch schön, endlich was Heimeliges", sagte Celina. Alle waren am Lächeln.

„Ja, wir finden es auch schön, dass ihr eure Erde Mutter Erde nennt. Aber wir haben nur Böses und Schlimmes von ihr gehört."

„Na ja, es gibt viel Negatives, aber es gibt auch schöne Seiten, und wenn ihr mit uns wirklich kommt, dann zeigen wir euch schöne Ecken. Wir haben nämlich bei uns im Allgäu schöne Flecken, sie sind wunderschön, wie z. B. Hinterstein, das ist mein Lieblingsort im Allgäu."

„Hör jetzt auf anzugeben", sagte Celina.

„Ich gebe nicht an, Hinterstein ist wirklich schön."

„Ja, natürlich ist Hinterstein schön, aber im Vergleich zu hier..."

„Streitet euch nicht", sagte Pan, „Hinterstein ist wahrlich ein schöner Flecken, aber jetzt sind wir hier in Bambusien und die beiden Familien hier möchten euch zeigen, wie es ist und wo man hier lebt."

„Habt ihr auch Nachnamen?" fragte Celina.

Sie schüttelten den Kopf.

„Wieso versteht ihr uns eigentlich? Ihr könnt doch gar nicht die gleiche Sprache sprechen, oder?"

„Wir haben einen Translator, heißt es glaube ich in eurer Sprache", sagte Hans. „Wir verstehen jede Sprache. Er übersetzt es, wir brauchen nur 20 Worte von einer Sprache hören, und den Rest schafft der Translator."

„Ah, ein Übersetzungsprogramm, wie praktisch", sagte Jonathan.

„In der Tat", sagte Pan, „sehr praktisch."

„Hier auf dieser Erde wird nur eine Sprache gesprochen, und das ist Eribanisch."

„Ah ja, und wie ist Eribanisch?" fragte Jonathan.

„Ihr werdet schmunzeln, Eribanisch ist eine Mischung aus Deutsch, aus Sanskrit und etwas Englisch."

„Komische Mischung", sagte Celina.

„Ja, aus dem Sanskrit sind einige Worte übernommen worden, die es in anderen Sprachen nicht gibt und die Hauptsprachen ist eine Mischung aus Englisch und Deutsch."

„Wieso könnt ihr uns dann nicht verstehen ohne euren Translator?" fragte Celina.

Pan beantwortete die Frage. „Ich würde sagen, sie könnten euch höchstwahrscheinlich verstehen, aber damit es eine saubere Kommunikation ist, haben sie den Translator benutzt."

„Verstehe. Ah ja."

Jensen stand jetzt vor Jonathan, er war etwa gleich groß, um die 1,85 m, hatte blonde schulterlange Haare, blaue Augen und eine ausdrucksstarke Nase und ganz weiche Lippen.

„Siehst du immer so aus Jensen?" fragte ihn Jonathan.

„Nein, ich bin normalerweise feinstofflicher, aber wenn ich grobstofflich wäre, sähe ich so aus, wie ich jetzt bin."

„Ah, verstehe", sagte Jonathan. „Gilt das für euch alle?"

„Ja, das gilt für uns alle."

Hallo, die Frau von Jensen, war etwa 1,70 m groß und die Tochter Petzl etwa 1,60 m. Sie sah aus wie ein 13 – 14 jähriges Mädchen, und auf die Frage hin, wie alt sie sei, sagte Petzl stolz, dass sie erst 96 Erdenjahre alt sei.

„Was, 96?"fragte Celina irritiert und fasste sich an den Mund.

„Aber das ist doch noch ganz jung", sagte Petzl.

„Wie alt werdet ihr denn?" hakte Jonathan nach.

„Etwa 700 - 900 Jahre, je nachdem. Wenn jemand gehen möchte oder das Gefühl hat, dass die Zeit abgelaufen ist, dann wird die Inkarnation beendet, und eine neue beginnt."

„Cool", durchströmte es Jonathan.

„Hör auf, immer Englisch zu reden", sagte Celina.

„Ist schon gut, wir verstehen „cool", das Wort kennen wir auch", sagte Hans.

„Was, das kennt ihr? Interessant."

Pan mischte sich wieder ein. „Ja, es gibt ja auch englische Worte in der Sprache."

„Ja, klar, ich habe verstanden", sagte Jonathan. „Und wie alt bist du Jensen?"

„Ich bin fast so alt, wie bei euch das Jahr Tage hat, 364."

„Ah ja und du Hallo?" fragte Celina.

„Ich bin 312", sagte die Angesprochene.

„Das ist ja interessant", sagte Celina, „312 Jahre alt. Und ab wann ist bei euch jemand erwachsen?"

„So etwa ab 150 Jahren ist man erwachsen."

„So lange leben die Kinder bei den Eltern?"

Celina war irritiert.

„Ja, ist das so schlimm?" schaute Hallo leicht verwundert.

„Na ja, das ist relativ", sagte Jonathan, „bei uns ziehen die meisten Kinder zwischen 18 und 25 bei ihren Eltern aus."

„Das passt dann doch. Schau mal", meinte Jensen, „ ihr werdet etwa 70 – 90 Jahre alt."

„Da hast du Recht", sagte Jonathan, „dann passt es."

Hans sagte noch schnell, dass er 277 Jahre alt sei und noch relativ jung, Dora war noch jünger mit 251 und ihre Tochter Helanie war 77, was in etwa einer 12 – 13 Jährigen gleichkam. Sie hatte schon leichte Formen einer jungen Dame, aber trotzdem war sie vom Gesicht her noch sehr kindlich.

„Du, Helanie", fragte Celina, „spielst du noch mit Puppen?"

„Puppen?" fragte Helanie, „was sind Puppen?"

Pan lächelte. „Mein Kind", sagte er, „auf der Erde haben Mädchen oftmals Puppen, weil sie gerne simulieren, wie Mama und Papa ein Baby oder Kleinkind versorgen und es aufziehen."

„Oh", sagte Helanie, „nein ich habe keine Puppen, ich habe ein anderes Hobby."

„Was für ein Hobby hast du denn?" fragte Celina.

„Ich schaue gerne in die Sterne."

„Auf diesem Planeten, auf diesem Teil der Erde", sagte Pan, „gibt es sehr, sehr viele Observatorien und man hat telepathischen Kontakt mit anderen Völkern, mit anderen Rassen, und es herrscht ein reger Austausch von, wie sagt man in eurer Sprache, also die fliegenden Untertassen, wie ihr sie nennt, die kommen und gehen."

„Echt, wunderbar", sagte Jonathan. „Meinst du, wir können ein paar sehen?"

„Oh, ihr werdet bestimmt welche sehen. Vielleicht habt ihr Glück, dass gleich wieder eins landet, denn da vorne ist ein internationaler Knotenpunkt."

„ Das hört sich aber jetzt an wie auf unserer Erde." Jonathan grinste.

„Ja, ich hab es ja auch in eurer Sprache gesagt. Ein internationaler Knotenpunkt ist eigentlich nichts anderes als eine Landeplattform, auf der man landen kann."

„Ach so, und was wird da ausgetauscht?"

„Man trifft sich für Gespräche, man tauscht Rezepte aus…"

„Rezepte, hi, hi, lustig", sagte Celina.

„Nicht solche Rezepte, lass mich bitte ausreden", meinte Pan.

„Entschuldigung, war nicht so gemeint", sagte Celina.

Pan fuhr fort: „Man tauscht Rezepte aus und zwar müsst ihr euch Rezepte so vorstellen: Es ist hin und wieder nicht zu umgehen, dass Weiterentwicklungen nicht auf allen Planeten gleichzeitig geschehen. Und Rezepte ist das Wort, was ich dafür gewählt habe, für einen Austausch von Weiterentwicklung."

„Ach so, ich habe schon gedacht, da gibt es das neue Kuchenrezept oder wie man eine Himbeertorte backt oder so."

„So was gibt es hier nicht", sagte Pan.

Celina wirkte enttäuscht! „Nicht? Keine Himbeertorte?"

„Himbeeren gibt es schon, aber keine Torte, keinen Kuchen."

„Ist ja langweilig", sagte Jonathan, „wo ich so gern Kuchen esse."

„Man kann sich natürlich schon Kuchen manifestieren."

Jensen lächelte sie an.

„Manifestieren, cool, wie bei Enterprise!"

„ Ja, manche Dinge, die du aus dem Fernsehen kennst, existieren hier schon lange. Auch wenn eure Schreiberlinge meinen, sie hätten etwas erfunden, wurden ihnen doch gewisse Dinge eingegeben", sagte Pan.

„Ah ja, interessant. Und wie geht es jetzt weiter?" fragte Celina.

„Wir werden euch die Stadt bzw. das Dorf, wie es Jensen sagte, zeigen."

4. Kapitel – Das Dorf Balaban

Jensen, seine Frau, seine Tochter und die zweite Familie führten Jonathan, Celina, Pan und natürlich Pegasus in ihr Heimatdorf, das den Namen Balaban trug.

„Das hier ist Balaban", sagte Hans und zeigte stolz in Richtung seines Dorfes. Man sah dort Häuser, die in Wälle gebaut waren, jedenfalls wirkte es auf den ersten Blick so.

„Habt ihr eure Häuser unterirdisch gebaut?" fragte Jonathan.

„Halb", sagte Hans, „ein Teil überirdisch und ein Teil unterirdisch. So ist es immer schön kühl in einigen Regionen."

„Ja, wir haben schon gemerkt", sagte Celina, „es ist hier recht warm."

„Wir haben das ganze Jahr über 25 – 29°, auf unserem Teil der Erde, in Bambusien. In Genodrien ist es etwas kühler, da sind es 21 – 25°."

„Na ja, viel kühler auch nicht", sagte Jonathan.

„Ach, wisst ihr, man gewöhnt sich dran, es ist ähnlich, als wenn man auf einer Insel lebt."

Pan räusperte sich. „Darf ich kurz?"

Hans nickte.

„Also, ihr müsst es euch so vorstellen, ihr Lieben, es ist ähnlich wie das Klima auf den Kanarischen Inseln, ja? Es ist warm, aber dadurch, dass immer ein leichter Windzug geht, ist es herrlich erfrischend."

„Aber, wir spüren hier gar keinen Windzug", sagte Celina.

„Noch nicht, wartet ab, bis ihr 1 -2 Tage hier seid, dann werdet ihr es spüren."

„So?" fragte Jonathan neugierig.

„Euch zuliebe haben wir das Wetter geändert."

„Das Wetter geändert? Geht das denn?" fragte Jonathan.

„Hier geht alles", sagte Pan. „Wir haben einiges geändert, damit ihr euch wohl fühlt."

„Ist es sonst noch wärmer hier?"

„Nein, nicht wärmer, aber anders."

„Dann macht doch wieder euer Originalwetter", meinte Celina, „wir halten das schon aus."

„Wir möchten, dass ihr euch zuerst einmal akklimatisiert", meinte Pan.

„Gut, gut", sagte Jonathan, „ihr seid hier die Chefs."

Hallo grinste und sagte: „Celina, ich möchte dir gerne einmal unser Haus von innen zeigen."

„Wir Frauen müssen doch zusammenhalten", sagte Celina augenzwinkernd. „Darf ich zuerst die Küche sehen oder erst das Bad?"

Alle waren am Lächeln.

„Es sieht anders aus als bei euch, jedenfalls so, wie es Pan beschrieben hat", meinte Hallo.

„Ich komme auch mit", sagte Jonathan, „ich bleib doch nicht draußen."

„Das geht natürlich", sagte Pan, „kein Problem!"

Nacheinander betraten sie das Haus von Jensen, Hallo und Petzl. Es sah auf den ersten Blick sehr spartanisch aus. Es gab keine Hightech-Geräte, wie sie Celina vermutete.

„Habt ihr keinen Strom?" fragte Celina.

„Was ist Strom?" kam die Gegenfrage von Hallo.

„Ach weißt du, Strom ist etwas sehr Praktisches."

Pan räusperte sich: „Ich glaube, ich muss aufklären. Das was Celina meint ist, dass in ihrer Welt, also auf ihrer Erde, alle Menschen oder fast alle Menschen vom Strom abhängig sind. Sie brauchen Strom für ihr Leben. Strom ist quasi Elektrizität, das was man erschafft und dadurch seine Gerätschaften antreibt."

„Ach so", sagte Jensen. „Ich habe in alten Überlieferungen davon gehört, so was gab es hier auf unserer Erde auch schon einmal."

„Und wie macht ihr es jetzt?"

Pan lächelte. „Es gibt hier freie Energiemaschinen, freie Energieapparate, damit betreiben wir unsere Fluggeräte und damit wird auch alles angetrieben, was gebraucht wird."

„Wie praktisch", sagte Jonathan, „wie praktisch."

„Ja", sagte Pan, „auf eurer Erde gibt es auch schon lange freie Energiemaschinen, aber noch sind sie unter Verschluss, weil es gewisse Lobbyisten nicht wollen und Geld verdienen wollen mit der alten, längst überholten Technologie."

„Das Ölmonopol, gell?" fragte Celina.

„Ja, auch, aber das ist jetzt hier nicht das Thema", sagte Pan. „Ihr möchtet euch doch alles anschauen."

„Klar möchten wir alles sehen, logisch."

Hallo zeigte auf einen runden getöpferten Tisch, so sah er jedenfalls aus.

„Ist das Ton?" fragte Celina.

„So etwas Ähnliches", sagte Hallo.

„Es ist etwas, was in etwa wie eure Tongefäße sind", sagte Pan, „aber viel robuster, es geht niemals kaputt."

„Gar nicht?" Jonathan schaute überrascht.

„Nein, denn es ist mit reiner Liebe erschaffen worden. Alles, was aus reiner Liebe erschaffen wird, geht niemals kaputt."

„Das muss ich mir merken", sagte Jonathan.

„Tu das", sagte Pan, „merke es dir für eure Welt."

„Und daneben, was ist das?" Celina schaute neugierig.

„Das ist eine Karaffe und da drin befindet sich Wasser."

„Ah, ihr trinkt also auch Wasser wie wir?"

„Natürlich trinken wir Wasser und nichts anderes", sagte Hallo.

„Gar nichts anderes?" Celina war überrascht.

„Nein, aber wir essen Beeren, wir haben diverse Früchte, Obst und Gemüse, das essen wir auch."

„Ah ja, ihr esst schon noch?"

Hallo lächelte. „Natürlich essen wir, aber anders als ihr."

„Also habt ihr kein Verdauungstrakt, oder?" Celina bohrte nach.

„Das ist jetzt etwas schwierig zu erklären", mischte sich wieder Pan ein. „Das Thema ist im Moment nicht so günstig, lasst euch zuerst alles erklären, und wenn die Zeit reif ist und ihr mehr gesehen und verstanden habt, dann kann ich es euch auch erklären."

„Ok", sagte Jonathan, „kein Problem!"

Celina war jetzt in ihrem Element, eine Küche, aber so eine, wie sie sie nicht einmal in den wildesten Phantasiefilmen oder Uraltfilmen gesehen hatte.

„Hier sah es ja wirklich schlimmer aus als im Mittelalter…"

Pan schaute sie an. „Celina, ich möchte dich daran erinnern, dass ich Telepathie beherrsche. Ich habe alles verstanden, was du gerade gedacht hast. Du kannst diese Art der Erde oder diese Erde hier nicht vergleichen mit irgendwelchen

Dingen auf eurer Erde. Es ist alles viel fortschrittlicher und vor allen Dingen rein, sauber und ohne Strahlung."

„Und alle Menschen, die hier leben", mischte sich Jonathan ein, „können miteinander leben ohne sich zu streiten, ohne Krieg, ohne Hass."

„Das ist die Grundvoraussetzung", sagte Pan. „Nur wer ein reines Herz hat, wer im Herzen rein ist, also wer wirklich die Nächstenliebe lebt und wer wirklich das lebt, was GOTTVATER möchte, der kann hier auf diesem Teil der Erde oder auf dieser anderen Erde leben und existieren."

„Dann muss der VATER uns aber sehr lieb haben", sagte Celina, „dass er uns das zeigt."

„Das hat er auch", sagte Pan. „Aber er hat alle Menschen lieb, nur ihr solltet einmal testen und sehen und dann weiter-geben, denn das, was hier möglich ist, ist auch auf eurer Erde möglich, aber nur wenn die Menschheit global umdenkt."

„Ich habe da mal eine ganz bescheidene Frage", sagte Jonathan. „Du weißt, ich interessiere mich auch für Physik und ein bisschen auch für Astronomie und auch Astrologie, und die Sonneneinstrahlung, die wir zur Zeit auf unserer Erde haben, ist ja immens hoch."

„Ja, sie ist sehr hoch", bestätigte Pan.

„Kann es sein, dass durch die hohe Sonneneinstrahlung das Leben auf der Erde verändert wird?"

„So ist es, und deshalb gibt es hier auf dieser Erde einen Schutzschild."

„Warum? Ich dachte, es wäre gut, wenn die Sonne so stark scheint."

Pan antwortete: „Ja, es ist gut, aber trotzdem sollte sie gefiltert werden."

„Mmmh, wie filtert man die Sonne?" fragte Jonathan.

„Das wird euch noch gezeigt werden", antwortete Pan. „Aber jetzt genießt erst einmal den Rundgang hier durch das Dorf."

Jonathan und Celina nickten. Nachdem ihnen das ganze Haus gezeigt wurde, wobei das Bett eine Besonderheit darstellte, denn man lag nicht auf Matratzen, wie man es von der Erde, wo sie herkamen, gewohnt war, sondern es war eine Art Kraftfeld. Man legte sich hinein, und es war wie ein Schweben. Die Frage, die Celina daraufhin stellte, wurde von Dora beantwortet. Dora war die zweite Frau, von der zweiten Familie besser gesagt und ihr Mann Hans schmunzelte.

„Ja, und wenn ihr kuscheln wollt?" fragte Celina.

„Wir kuscheln nicht so wie ihr, weil sich ja dann die Auren zu sehr berühren."

„Komisch… und wenn ihr, na ja, wie heißt es so schön, wenn ihr Liebe machen wollt?"

„Das gibt es bei uns nicht", sagte Hans. „Kinder entstehen anders, außerdem hat jede Familie nur ein Kind."

„Nur ein Kind?" Celina reagierte entsetzt!

„Ja, wenn ein zweites Kind kommen will und GOTTVATER es möchte, dann gibt es auch ein zweites Kind, aber das kommt sehr selten vor."

„Ach, das ist ja blöd", sagte Celina. „Stellt euch vor, da ist eine Familie, die will 5 oder 10 Kinder haben."

„Das kommt ganz selten vor, dass es mehr als zwei Kinder gibt."

„Warum?" fragte Celina.

Die Familien zuckten mit den Schultern.

„Ich glaube, ich kann es erklären", sagte Pan. „Um dem Thema Überbevölkerung gleich von vornherein vorzubeugen und da dieser Planet Erde, dieser hier erschaffene Planet Erde, hier eine so hohe Schwingung hat, dass es wirklich nur wenige Seelen gibt, die hier inkarnieren können, ist es halt so. Und außerdem haben viele Seelen Aufgaben auf anderen Planeten dort zu arbeiten und dort zu inkarnieren, wo sie mehr gebraucht werden."

„Ach so", sagte Jonathan, „verstehe, das ist sozusagen ein Planet, wo man mal Auszeit nehmen kann, wo man relaxen kann, vielleicht so ähnlich wie das Paradies oder?"

Pan überlegte, was er antworten sollte. „ In gewisser Weise ist es so, wie du sagst. Darüber habe ich selber noch gar nicht nachgedacht, aber ich glaube, es ist einfach so, dass der Lebensplan eines jeden Menschen zeigt, wo er jetzt inkarnieren darf, ob es die Venus ist oder der Mars oder die Erde."

„Venus und Mars sind bei euch besiedelt?" fragte Celina.

„Nicht nur hier", sagte Pan, „bei euch auch, sie leben nur in anderen Frequenzen."

„Ach so, verstehe", sagte Celina. „Hach, ist das alles viel, aber dieses Bett ist super! Darf man sich da mal draufsetzen oder drauflegen?"

Hans schaute Dora an. Dora schaute Hallo an, und Hallo schaute Jensen an.

„Na ja, es ist das Bett von Hallo und Jensen", sagte Hans, „wenn sie es erlauben, schon."

Pan schaute die beiden an. „ Jonathan, Celina, ich hülle euch jetzt in eine Lichtschutzwand ein."

„Wand?"

„Ja, ihr werdet schon sehen warum."

Dann hatten sie das Gefühl, als wenn sie in einem Koffer stehen oder in einem Schrank.

„Jetzt!" sagte Pan. Dann wurden sie levitierend auf das Bett transportiert, sie schwebten über dem Bett.

„Das ist ja total weich, da kommt man sich ja vor, als wenn man in einer Badewanne liegt", sagte Jonathan.

„Ja und so schön kuschelig, wunderbar!"

„Seht ihr, möchtet ihr auch einmal so schlafen?"

„Ja klar!" Celina grinste.

„Das werdet ihr heute Nacht auch, wenn ihr möchtet."

„Ja, gerne", sagten Jonathan und Celina fast synchron.

„Kann man sich da nicht an seinen Freund ankuscheln?"

„Doch, das wird schon gehen, aber nicht so, wie ihr das von Erdenbetten gewohnt seid, meinte Pan.

„Schade", sagte Celina, „schade."

„Ach, das wird schon gehen, eine Nacht, ich bin doch bei dir", tröstete sie Jonathan.

„ Das stimmt", sagte Celina. „Hauptsache du bist bei mir."

5. Kapitel – Jonathan und Celina lernen, wie man im Dorf Balaban lebt

Nachdem die beiden die Behausung von Jensen, Hallo und Petzl bis ins kleinste Detail kennen gelernt hatten, ging man hinaus. Dort war ein großer Platz.

„Hier trifft man sich", sagte Jensen. „Alle aus dem Dorf können sich hier treffen, wenn sie möchten."

„Aber hier ist gar keine Eiche oder Linde und auch keine Stühle und Bänke", meinte Celina.

„Wir manifestieren alles, was wir brauchen", sagte Hans.

„Ihr manifestiert es, einfach so?" Jonathan war beeindruckt.

„Einfach so."

„Kannst du uns etwas manifestieren?" fragte Jonathan.

„Selbstverständlich", sagte Hans. „Einen Moment bitte."

Er ging in sein Haus, holte einen großen Gong hervor und schlug einmal dezent drauf.

Bong … Als der Gong verstummte, traten sehr viele Menschen aus ihren Behausungen heraus, aber sie sahen ganz anders aus als Jensen und Hans und ihre Familie. Sie waren transparenter, lichter, man konnte nur ihre Umrisse sehen, so in etwa wie Jonathan einfiel, eine Straße im Sommer aussieht, wenn die Hitze so auf der Straße flirrt.

„Ah, so seht ihr in Wirklichkeit aus", meinte Jonathan, „es ist so gleißend hell, man kann euch kaum erkennen."

„Das ist die hohe Schwingung, das ist eine andere Sphäre", sagte Pan, „aber in etwa so, wie ihr sie seht, sehen die Menschen hier auf dieser Erde aus."

Und auf einmal kniff er die Augen zusammen, der liebe Jonathan, und sah feinstoffliche Stühle.

„Alles ist ja da", sagte er.

„Es ist manifestiert, dann ist es auch da", antwortete Pan.

Jensen ging auf einen der Stühle zu, schlug sich ganz dezent auf seinen Solarplexus und sah plötzlich aus wie die anderen Erdenbewohner.

„Was hat er gemacht?" fragte Celina.

„Er hat seine ursprüngliche Gestalt wieder angenommen", sagte Pan und setzte sich dann auf den Stuhl.

„Pan, können wir uns auch da hinsetzen?"

„In eurer Schwingung geht das nicht."

„Aha", sagte Celina, „schade…"

„Wir manifestieren euch Stühle für eure Schwingung", meinte Jensen von weitem. Kaum hatte er es gesagt, entstanden wie aus dem Nichts zwei Stühle. Sie waren beide blau.

„Oh, ist das ein schönes Blau!"

„Das ist eine Heilungsfarbe", sagte Pan. „Setzt euch mal auf diese Stühle."

Sie gehorchten. Es kribbelt am ganzen Körper.

„Was passiert mit uns?" fragte Jonathan.

„Eure Körper werden gereinigt. Diese Art von Stühlen werdet ihr in nächster Zeit auch auf eurer Erde haben. Man setzt sich nur drauf und man wird gereinigt und energetisiert."

„Aha, und was ist das Besondere daran?"

„Das Besondere daran ist", sagte Pan, „dass jetzt alles Überflüssige, alles Überschüssige, alles, was der Körper nicht braucht, aufgefordert wird, in feinstofflicher Art den Körper zu verlassen. Und wenn ihr das nächste Mal Stuhlgang habt, wie es bei euch heißt, oder uriniert, dann werden diese Blockaden dort abfließen."

„Interessant", sagte Celina, „ich hoffe, ich werde nicht noch dünner."

„Du wirst nicht dünner werden, sondern du wirst nur das verlieren, was du nicht mehr brauchst", sagte Pan.

Jonathan, der nur 75 kg wog, sagte: „An mir ist alles richtig so."

„Du wirst sehen, dass noch einiges weggeht, was du nicht mehr brauchst", sagte Pan lächelnd.

„Na ja, gut", meinte Jonathan, „schauen wir mal."

Kurze Zeit später sahen sie, wie die Sonne langsam am Horizont unterging.

„Ist das schön, ein wundervoller Sonnenuntergang", sagte Celina und seufzte.

„Wundervoll ja, aber nicht ungewöhnlich. Man sieht ihn hier jeden Tag."

„Gibt es keinen Winter und keinen Herbst und keinen Frühling?" fragte Celina.

„Nein, es herrscht ein immer während er Sommer."

„Das ist doch langweilig", sagte Celina.

„Nein, es ist nicht langweilig. Es besteht die Möglichkeit, dass man auch einen Frühling, einen Herbst oder einen Winter simuliert."

„Simulieren?" fragte Jonathan.

„Ja, simulieren, wie soll man das sonst machen, es ist ja immer warm, und in manchen Gegenden, wie z. B. im Allgäu, also in dem Teil von Genodrien, den ihr Allgäu nennt, da ist dann immer währ ender Frühling, da ist kein immer währ ender Sommer."

„Ah, sozusagen per Abstimmung oder?"

„Genau, so ist es. Du hast es gut erkannt", sagte Pan. „Es gibt drei Regionen auf der Erde. Ein immer währ ender Sommer, der ist hier, ein immer währ ender Frühling, der ist auf Genodrien und im Bereich Treasolien ist es so wie Spätsommer."

„Ah, Indian summer", sagte Celina.

"Ja, so in etwa. Dadurch besteht die Möglichkeit, dass die Menschen reisen können. Die einen können hin und wieder den Frühling erleben, den Sommer oder den Spätsommer."

„Und was ist, wenn jemand Winter möchte?"

„Dann muss er es sich manifestieren, für sich alleine. Dann sucht er ein Gebiet und spricht es vorher mit den Menschen hier ab, und alle, die mitmachen wollen, können zusammen dann sozusagen einen Winterurlaub feiern."

„Das ist ja praktisch", sagte Jonathan.

„Ja, das finde ich auch", sagte Celina.

„Ihr seht, vieles ist möglich, aber die meisten Menschen hier haben kein Interesse am Winter. Der Winter ist ihnen zu kalt."

„Ja", schmunzelte Jonathan.

„Weißt du, Pan", flüsterte Celina, „der Jonathan, das ist auch so einer der leicht friert.

„Das stimmt", sagte Jonathan, der alles gehört hatte. „Ich friere leicht, aber ich habe auch ganz gute Ohren."

„Da muss ich demnächst noch mehr flüstern", sagte Celina und schmunzelte.

„Du brauchst nicht zu flüstern, wir haben hier keine Geheimnisse, jeder weiß alles von jedem, denn jeder beherrscht die Telepathie."

„Jeder versteht alles von anderen, da gibt es keine Geheimnisse?"

„Nein."

„Dann weiß auch jeder, wer, wie, wann und wo mit wem schmust."

„Hier gibt es das nicht", sagte Pan. „Es gibt nur ein friedvolles Miteinander, Beieinander."

„Ja, und wie werden dann die wenigen Kinder gezeugt?"

„Über das Herzchakra."

„Ach, die Chakren gibt es aber schon", meinte Jonathan.

„Die gibt es, in der Tat, die gibt es bei allen Lebensformen."

„Das wusste ich doch nicht", sagte Jonathan.

„Jetzt weißt du es", meinte Pan.

„Aha, und wie lange braucht ein Kind, bis es da ist?"

Pan lächelte. „Keine 9 Monate, nur etwa 9 Stunden."

„9 Stunden?" fragte Celina irritiert.

„Ja, die Seele ist ja schon lange bereit zu kommen. Es wird vorher alles abgesprochen und zum richtigen Zeitpunkt erscheint sie."

„Und wie kommt sie?"

„Sie kommt von oben herniedergeschwebt", meinte Pan.

„Herniedergeschwebt?"

„Ja, sie wird mit einem Raumschiff gebracht und kommt dann herniedergeschwebt."

„Also nicht mit Bauch und mit schwanger werden?"

„Nein, das gibt es hier nicht. Außerdem sind hier alle Menschen im idealen Gewicht, denn sie haben ihre Stühle und keine Blockaden und nichts kann sich an ihnen halten. Außerdem würde es ihr Herz gar nicht mitmachen, denn das Herz ist so rein, dass sich hier nichts halten kann."

„Ja, aber da habe ich mal eine Frage", sagte Celina. „Ich kenne ganz viele Frauen und die haben Übergewicht und sind trotzdem von Herzen her so gut."

„Ja, aber dieses Übergewicht ist meistens seelischer Art, weil sie ein Problem auf der Erde haben oder weil sie sich zu sehr um die Kinder kümmern, um den Mann, um die Mutter etc." meinte Pan.

„Das kann sein", sagte Celina.

„Siehst du und hier hat keiner Probleme. Es gibt keine Sorgen, keine Probleme. Jeder arbeitet nur aus Freude."

„Freude?" fragte Jonathan.

„Ja, aus Freude, du machst das oder jeder macht das, was er gerne mag, aus Freude und auch für den, für den er es machen möchte. Und wenn man nicht arbeiten möchte, dann manifestiert man."

„Ach so", meinte Jonathan, „ jetzt verstehe ich. Man arbeitet quasi, um die Zeit totzuschlagen."

„Nein, das hast du falsch verstanden", meinte Pan. „Man muss nicht die Zeit 'rumbringen, denn das Wort tot gibt es hier nicht, da man ja nicht stirbt sondern nur die Hülle wechselt..."

„Ja, Entschuldigung."

„Die Menschen, die hier leben, arbeiten gerne, aber nur aus reiner Freude."

„Celina?"

„Ja, Jonathan."

„Was würdest du hier auf diesem Planeten machen?"

„Hm, du weißt doch, dass ich mit Herz und Seele Kindergärtnerin bin."

„Ja, das weiß ich", sagte Jonathan.

„Ich glaube, ich würde mich hier auch um die Kinder kümmern."

„Das dürftest du auch", sagte Pan, „denn es gibt hier sehr wenige Kindergärtnerinnen, aber die, die es gibt, machen es wirklich mit Liebe."

„So sollte es auch sein", sagte Celina. „Und du, Jonathan", fragte Celina, „was würdest du machen?"

„Ach, vielleicht das gleiche wie auf der Erde, Bilder malen."

Pan lächelte ihn an. „Ja, deine Bilder werden immer besser, aber nachdem du wieder zuhause bist, wirst du merken, dass du ganz andere Bilder malen wirst, denn du hast diese Eindrücke hier erlebt und du wirst sie auch in Bildern festhalten."

„Da bin ich aber gespannt", meinte Jonathan. „Und ich brauche auch nicht nebenher Gartenarbeiten machen, oder?"

„Wieso nicht?" fragte Celina.

„Na ja, ich soll doch jetzt nur noch Bilder malen."

„Das hättest du so gerne", sagte Celina. „Die Gartenarbeit machst du auch, die mache ich nicht alleine."

„Streitet euch nicht", sagte Pan.

„Wir streiten nicht", sagte die beiden und lächelten.

„Ja, aber in den Ohren der anderen ist es wie streiten, sie kennen solche, wie man bei euch sagt, Dialoge nicht. Dieses Necken, das kennen sie nicht."

„Nicht? Das ist ja langweilig hier auf dieser Erde."

„Nein, es ist nicht langweilig, es ist anders. Wenn man hier lebt, gewöhnt man sich dran. Es ist halt eine andere Schwingung."

„Ach so", sagte Celina. „Gut, und du warst eben stehen geblieben, wenn man etwas nicht arbeiten will, dann manifestiert man sich es oder?"

„Ja, alles was freiwillig gemacht wird, wird auch genommen. Es fliegt nichts rum, es wird auch nichts überproduziert, es wird nur das gemacht, was auch gebraucht wird."

„Ich sage mal ein Beispiel", sagte Jonathan. „Ich mache doch gerne Musik, so hobbymäßig. Ich habe so eine alte Flöte, da spiele ich ab und zu drauf rum."

Celina nickte. „Er spielt gut, ja, ja. Und er kann sogar mit Augen zu spielen."

„Ich weiß", sagte Pan, „ich kenne euch schon lange."

„Gut, also wenn ich jetzt hier leben würde, dann würde ich meine Flöte mitnehmen und spielen. Wäre das in Ordnung?"

„Natürlich wäre das in Ordnung, wie du sagst." Pan lächelte.

„Es gibt hier einige Leute, die musizieren, aber sie machen es nicht für Geld. Nein, es gibt hier kein Geld. Alles geschieht aus reiner Liebe, alles geschieht zum Wohle des anderen und zum Wohle der Tiere, der Pflanzen, niemand verletzt jemanden."

„Ja, aber ganz ehrlich, ich verletze auch niemanden bewusst", sagte Jonathan, „aber wenn ich doch auf einer Wiese laufe, dann kann es doch geschehen, dass ich auf ein Tier trete oder?"

„Das gibt es hier nicht. Hier schwebt man."

„Man schwebt? Ich dachte, man muss Erdung haben."

„Die Erdung wird hier anders geholt", antwortete Pan.

„Wie denn?"

„Durch Wasser, durch Gebete, durch Trommeln… es gibt verschiedene Arten."

„Ach so, man schwebt…"

„Ja, ganz leicht, man schwebt einige Zentimeter über dem Boden, denn es ist eine ganz andere Schwerkraft und eine ganz andere Energie da als bei euch auf der Erde", meinte Pan.

„Aha, aber die Menschen, die wir jetzt gesehen haben, gehen."

„Das ist Illusion", sagte Pan, „sie gaukeln es euch nur vor, damit ihr keine Angst habt."

„Mmmh, sie können ruhig so sein, wie sie sind", meinte Celina leicht gekränkt.

„Celina, du darfst dich nicht so sehr da reinsteigern, sonst kannst du hier nicht bleiben. Du musst deine hohe Schwingung halten."

„Entschuldige, Pan." Und schon lächelte sie wieder.

„Kann man das mal sehen, wie sie schweben?"

„Selbstverständlich", sagte Jensen und schwebte auf Jonathan zu.

„Cool!" sagte Jonathan. „Das ist ja richtig klasse. Und wieso machst du das?"

„Ich brauche nur daran denken und dann klappt es", sagte Jensen.

„Ah ja, kann ich das auch?"

„Wenn Pan es zulässt, ja."

„Pan, bitte, bitte, bitte!" bettelte Celina, „ich möchte auch mal."

„Gut, ich werde es einige Minuten gestatten", sagte Pan und schnippte mit den Fingern. Dann durchrieselte Jonathan und auch Celina ein weißgoldenes Licht. Sie wurden eingehüllt und fühlten sich plötzlich so leicht wie eine Feder.

„Das ist ja schön, wunderschön!" rief Celina entzückt! „Ha, man ist so leicht, man fühlt kein Gewicht mehr, gar nichts mehr, als wenn man im Weltall schwebt. Und wie können wir jetzt laufen oder wie können wir schweben?"

„Denkt einfach daran", sagte Pan.

Celina dachte, dass sie zum Wasser des Baches wollte. Und schon schwebte sie dorthin los. „Juhu, es klappt, juhu!"

„Warte auf mich, Schatzi",, sagte Jonathan. Auch er stellte es sich vor, wie er hinter Celina herschwebte, und schon klappte es. „Mei, das ist ja unbandig stark", sagte er im bayerischen Akzent.

„Ich habe dich trotzdem verstanden", sagte Pan und schmunzelte.

Als sie beim Wasser angelangt waren, fing Jonathan an, ein bisschen übermütig zu werden. „Jetzt möchte ich über dem Wasser schweben", sagte er.

„Das klappt auch, du kannst überall schweben, du kannst auch in die Höhe gehen, überall. Aber sei nicht übermütig, bleib in der Demut", mahnte Pan.

„Natürlich", meinte Jonathan, „entschuldige..."

„Kein Problem, ihr seid ja noch in der Lernphase, ihr habt sozusagen Narrenfreiheit hier, jedenfalls im Moment, weil - wenn jede kleinste Regung, die euch aus eurer Mitte bringen würde, gewertet wäre, ihr schon wieder auf eurer Erde zurück währet."

„Das heißt, es ist schwer, hier zu leben?"

„Nicht schwer, aber man muss alle negativen Gedanken wegschicken. Alle Blödeleien, alle Sachen, die negativ sein könnten, wegschicken, sonst kann man hier nicht existieren."

„Ah ja, meinte Jonathan, interessant. Aber, du weißt ja, was mein Name bedeutet: Geschenk Gottes. Vielleicht bin ich deshalb hier."

„So ist es", sagte Pan, „so ist es."

6. Kapitel – Jonathan und Celina haben Hunger

„Pan?" fragte Celina, „ich möchte ja nicht stören, aber irgendwie habe ich ein bisschen Hunger. Gibt es die Möglichkeit, hier etwas zu essen, sonst müssen wir aus unserem Rucksack irgendetwas 'raustun und uns quasi was warm machen."

Jensen hatte es gehört. Er kann auf Celina zu, und bevor Pan antworten konnte sagte er: „Wir wissen, dass ihr euch noch anders ernähren müsst. Wir haben vorgesorgt, denn Pan hat uns erklärt, wie euer Körper funktioniert und was ihr esst. Wir haben wundervolle Früchte und auch Gemüse so energetisch umgewandelt, dass es in eurer Schwingung ist und ihr es essen könnt, genau, wie ihr unser Wasser trinken könnt."

„Oh, wunderbar", sagte Celina, „wunderbar, was habt ihr denn?"

„Und da du so ein Himbeerfan bist, wie mir Pan sagte, haben wir extra für dich Himbeeren." Er schnippte einmal mit den Fingern und vor ihm, wie aus dem Nichts, erschien eine große runde Schale, die etwa 50 cm Durchmesser hatte, und sie war gefüllt mit prallroten Himbeeren, die etwa 3-4 mal so groß waren wie auf der Erde.

„Du kannst beruhigt hineinbeißen, sie sind gewaschen und es sind keine Tiere in ihnen", sagte Jensen, weil Jonathan schon wieder das Gesicht ein wenig verzog, denn er mochte keine

Himbeeren. „Diese werden dir munden", sagte Jensen. „Probiere bitte einmal."

Jonathan überlegte. „Na gut, ich probiere eine", sagte er, steckte sie vorsichtig in den Mund und biss zu. Es war eine Gaumenfreude, sie schmeckten ganz anders als auf der Erde. „Oh, der Geschmack ist ja anders, hm lecker", sagte Jonathan. „Sie schmecken etwa wie eine Mischung aus Mango und Erdbeeren."

„Gut erkannt", sagte Pan, „genauso schmecken sie. Sie heißen zwar Himbeeren, haben aber eine ganz andere Geschmacksrichtung als auf eurer Erde und sie haben einen großen Vorteil. Wenn man 5 Stück von ihnen gegessen hat, ist man satt."

„Satt? Haha", lachte Jonathan, „das glaube ich erst, wenn ich es probiert habe", und stopfte sich eine zweite in den Mund und eine dritte und eine vierte.

Aber da schaute ihn Pan an. „Langsam Jonathan, langsam, hier ist kein Schnellesswettbewerb, langsam, genieße es doch."

„Schon gut", sagte er mit vollem Mund, „ich höre ja gleich auf." Und nachdem er die vierte Himbeere gegessen hatte, schaute er Pan an und sagte: „Doch, schmeckt gut."

Jensen lächelte, schnippte wieder mit dem Finger und vor ihnen erschien eine Schale mit Avocados und Mango.

„Hmmh, meine Lieblinge, Avocados und Mango!" meinte Jonathan verzückt! „Jetzt brauche ich nur noch Salz und Pfeffer für die Avocado."

Pan schaute ihn an. „Hier brauchst du kein Salz und Pfeffer, probiere einfach erst einmal."

Die Avocado war schon durchgeschnitten, schon entkernt und lag da bereit zum Essen.

„Ich brauche noch einen Löffel."

„Löffel gibt es hier nicht", sagte Pan.

„Kein Problem", sagte Jonathan grinsend, nahm seinen Rucksack zur Hand, öffnete ihn und holte einen Löffel heraus.

„Das brauche ich jetzt."

Pan schüttelte leicht den Kopf. „Na ja", meinte er nur, „gut."

Und als Jonathan dann seinen Löffel nahm und in die Avocado hineinstecken wollte, merkte er, dass diese Avocado hier anders war. Er schaute sie sich an, und auf einmal löste sich die Schale wie von Geisterhand. „Ich brauche ja keinen Löffel."

„Ich habe dir doch gesagt, du brauchst keinen", sagte Pan lächelnd.

Jonathan nahm die Avocado in die Hand und konnte sie ganz sanft abbeißen. „Mmmh, und ist schon gesalzen und gepfeffert, jedenfalls schmeckt sie so, lecker!" schwärmte Jonathan.

„Ich will auch eine!" sagte Celina.

„Bitte, die andere Hälfte ist für dich", sagte Jonathan. Das gleiche wie bei Jonathan geschah auch bei Celina. Die Schale löste sich schon fast von alleine ab und verschwand im Nichts.

„Wie habt ihr das gemacht?"

„Ja, wisst ihr", sagte Pan, „wir haben doch diese Früchte und das Obst extra für euch manifestiert und das geht dann in seine Originalschwingung zurück."

„Ah, verstehe", sagte Jonathan.

Celina probierte. „Ja, nicht schlecht, aber ich bleibe lieber bei den Himbeeren", sagte sie." Iss du ruhig meine Avocado zu Ende."

„Klar, mach ich gern", sagte Jonathan mit vollem Mund. Und als er die Avocado aufgegessen hatte, sagte er: „Ich bin satt, das gibt es ja gar nicht, von 4 Himbeeren und einer Avocado."

„Nun", sagte Pan, „sie haben ungefähr den Nährwert des 20-fachen, was ihr auf der Erde habt."

„Ja dann ist es kein Problem. Dann brauen die Menschen hier ja gar nicht viel zum Essen."

„Nein, sie brauchen sehr wenig, sehr, sehr wenig. Und alles das, was sie möchten, kommt aus dem reinen Herzen. Es kommt aus purer Lebensfreude. Und deshalb essen sie auch nur so viel, wie sie brauchen. Sie haben eine eingebaute Essbremse."

„Die habe ich auch", sagte Jonathan.

„Zum Teil", sagte Pan, „nur zum Teil."

„Aber zum großen Teil", meinte Jonathan grinsend.

„Na ja, hin und wieder isst du schon ein bisschen mehr, aber das kommt selten vor", sagte er. „Ja, aber die meisten Menschen haben es nicht."

„Das stimmt", sagte Jonathan, „das stimmt."

Celina meinte noch: „Darf ich vielleicht eine Kirsche probieren und eine Erdbeere?"

„Kein Problem", sagte Jensen, hielt den Teller hoch, und wie aus dem Nichts lagen dort eine Kirsche und eine Erdbeere.

„Ja, klasse! Ich möchte auch eine Kirsche und eine Erdbeere probieren."

„Ich dachte, du bist satt, Jonathan", meinte Celina grinsend.

„Du musst doch nicht immer jedes Wort auf die Goldwaage legen…"

Alle waren am Schmunzeln.

Schnipp – war eine zweite Kirsche da, die etwas kleiner war und eine Erdbeere, auch etwas kleiner. „Probiert ruhig."

Beide bissen in die Erdbeere hinein. Sie schmeckte so etwas von süß und lecker und saftig, dass beiden schier das Wasser, wie man so schön sagt, im Mund zusammenlief.

„Lecker, lecker, lecker!" meinte Jonathan, „so was von lecker."

Celina grinste ihn an: „Gibt's zum Nachtisch ein Eis?"

„Wir sind hier nicht auf deiner Erde", sagte Pan. „Hier gibt es kein Eis."

„Nicht? Dann muss man es erst manifestieren", grinste sie Jonathan an und sagte laut: „Ich manifestiere mir jetzt ein Eis. Hmmh, was nehme ich denn, Stracciatella in einer Waffel." Schwupp und schon hatte sie es in der Hand. „Ha, klappt doch!" und fing an, an dem Eis zu lecken.

„Cool!" meinte Jonathan. „Ok, das kann ich auch. Einmal Kokoseis in der Waffel, bitte!" Schwupp war es da!

„Ach, ihr beiden, ihr bringt ja wirklich die Leute auf dumme Gedanken", meinte Pan. Jensen schaute sie an.

„Eis, was ist das?"

„Probier mal."

Er schüttelte den Kopf. „Ich möchte aber nicht von deinem Eis essen, ich möchte mein eigenes probieren", und schon manifestierte er sich ein eigenes Eis.

„Das schmeckt wirklich gut."

„Wenn ich das vorher geahnt hätte", meinte Pan. „Jetzt versaut ihr mir noch hier das ganze Dorf."

„Das ist doch kein Versauen", sagte Jonathan, „das ist doch etwas Leckeres. Na, ich glaube, dass Eis ist rein synthetisch oder? Es ist auf jeden Fall kein Milchprodukt drin, oder?"

„Nein, es ist ein Art Wassereis."

„Es gibt hier also auch Kokosnuss?" fragte Jonathan.

„Ja, die gibt es", sagte Jensen, „aber sie heißt bei uns anders."

„Wie heißt sie denn?"

„Koko."

„Na ja, das ist ja nicht viel anders", sagte Jonathan. „Trinkt ihr auch Kokomilch?"

„Ja, hin und wieder", meinte Petzl,

„Ihr trinkt überwiegend Wasser und ernährt euch von Früchten, Obst oder Gemüse, gell?"

„Ja, jeder was er möchte, aber die Qualität", sagte Pan dazwischen, „ist 20 – 1000 mal so hoch wie auf der Erde."

„Bis 1000 mal so hoch?"

„Ja, wie auf eurer Erde, 20 – 1000 mal so hoch, je nachdem was es ist."

„Das ist ja gigantisch! Könnte man nicht vielleicht was mit 'rübernehmen?" meinte Jonathan und zwinkerte Pan zu.

„Das geht leider nicht. Ihr könnt ein bisschen mitnehmen als Vorrat. Ja, aber nur begrenzt, aber mit 'rübernehmen, dass man es drüben in eurer Welt anbauen kann, geht nicht."

„Schade", sagte Celina. „Sie sind bestimmt resistent gegen Viren, gegen Bazillen und gegen alles Mögliche."

„Das sind sie, in der Tat!"

„Ach ist das schade!"

„Aber gräme dich nicht, meine Tochter", sagte Pan. „Es kommt eine Zeit, in der werdet ihr auch alles anbauen können und ihr werdet auch eine neue Erde bekommen. Sie wird nicht genauso sein wie diese, aber sie wird auch in einer hohen Schwingung sein, und sie wird vieles, viele Faktoren von dieser Erde auch haben."

„Ja, und wie können wir sie kriegen?" Celina war neugierig.

„Ach, das ist ganz leicht", sagte Pan. „Ihr braucht es nur den Menschen mitzuteilen. Sie können es sich manifestieren."

„Was, manifestieren?" fragte Jonathan.

„Ja, natürlich können sie es manifestieren."

Pan hatte das jetzt so gesagt und Jonathan das Wort abgeschnitten.

„Manifestieren, so, so… Und wie manifestiert man es richtig?" fragte Jonathan.

„Das ist gar nicht schwer. Und wenn ihr so weit seid, werde ich es euch auch erklären. Aber so weit sind wir jetzt noch nicht. Was möchtet ihr denn als nächstes sehen?" fragte Pan.

„Ich würde gern einmal die Bücherei sehen", sagte Jonathan, der ein leidenschaftlicher Leser war.

„So viele Bücher, wie du zuhause hast, gibt es hier nicht."

„Habt ihr keine 1000 Bücher, denn so viele habe ich etwa", meinte Jonathan.

„Nein, wir haben hier nicht so viele Bücher, aber ihr müsst wissen, diese Menschen, die hier leben, haben eigentlich alles Wissen, was sie brauchen, in ihrem Kopf, in ihrem Gehirn, denn sie benutzen nicht nur ein paar Prozent ihrer Gehirnmasse, so wie ihr Erdenbewohner, sondern sie benutzen nahezu 100 %."

„Das ist doch gar nicht möglich", meinte Jonathan. „Mein Lehrer damals in der Schule..."

Pan unterbrach ihn. „Dein Lehrer damals in der Schule hat keine Ahnung, was wirklich möglich ist. Und jetzt lass bitte die Diskussion, es ist so."

„Ja, ist schon gut so", sagte Jonathan und grinste, „kein Problem. Gibt es denn so etwas wie eine Bücherei hier?"

„Ja, es gibt so etwas, in einen öffentlichen Raum. Ein Haus das für alle zugänglich ist. Und dort sind besondere Dinge."

„Ja, wie können wir sie denn sehen, wenn wir in einer anderen Schwingung sind?" fragte Celina.

„Wir werden es für eine halbe Stunde etwa hinkriegen, dass wir die Schwingung so wandeln können, dass ihr alles sehen könnt."

„Super!"

„Folgt mir bitte", sagte Pan. Sie gingen auf ein großes Gebäude zu, es war etwas größer als die anderen Gebäude, etwa 5 m hoch und dort war alles rund. Pan schaute auf die Tür und sie öffnete sich automatisch. „Aha", meinte Jonathan, „coole Sache."

„Es geht hier alles per Gedankenkontrolle", sagte Pan. Sie traten ein. Innen war es wunderbar warm, ein ganz leichtes Lüftchen wehte, jedenfalls hatte Celina den Eindruck.

„Das ist kein Lüftchen", meinte Pan und lächelte. „Es ist die Eigenschwingung des Raumes. Dieser Raum lebt, genauso wie jedes andere Haus oder jeder andere Ort hier, alles lebt. Und das ist praktisch das Atmen."

„Ach so", sagte Celina, „interessant."

„Dort ist das, was du suchst", sagte Pan und zeigte Jonathan ein Regal.

„Das ist ja ein Holzregal, aus Walnussholz, richtig?"

„Du bist ja ein Kenner", sagte Pan. „In der Tat, es ist Walnuss bzw. es sieht aus wie Walnuss, aber es ist ja aus Licht erschaffen. Hier werden keine Bäume getötet, um Regale zu bauen. Nein, hier wird nichts getötet, nichts, wirklich gar nichts wird bewusst getötet."

„Das ist aber ein schöner Ort", sagte Celina. „Hier möchte ich am liebsten wohnen."

„Eure Erde kann auch sehr schön werden und ihr könnt sehr viel dazutun, aber dazu kommen wir später."

Jonathan schaute in das Regal hinein und sah dort viele Bücher, aber kein einziges kannte er. „Haben sie hier keine Klassiker oder biologische oder spirituelle Bücher?"

„Nein, haben sie nicht. Sie haben andere Bücher."

„Kann ich die lesen?" fragte er.

„Wenn ich es möchte, ja." Pan nickte.

Wahllos griff Jonathan sich ein Buch heraus. „Die Geschichte des Planeten Erde", las er. „Ah, da habe ich ja gleich das richtige Buch erwischt", grinste Jonathan und blätterte es auf. Er schlug die Seite 102 auf. Die Seite war leer. „Wieso ist die Seite leer?" fragte er Pan.

„Die Seiten aller Bücher sind leer."

„Alle Bücher sind leer?"

„Ja. In dem Moment, wo du es manifestierst, was du lesen möchtest, wird es dort erscheinen."

„Komisch", meinte Celina, „komische Technik."

„Nein, es ist nicht komisch, es ist weiterentwickelt."

„Aha", sagte Jonathan, „interessant. Und was kann ich mir jetzt da hineinwünschen oder hineinmanifestieren?"

„Denk einfach daran, was du sehen möchtest und es wird dir gezeigt werden."

Jonathan konzentrierte sich und sagte sich, die Entstehung dieses Dorfes hier. Sofort war dort eine Schrift, die der deutschen Schrift sehr, sehr ähnelte, nur einige Worte waren etwas anders, und er konnte es gut lesen.

„Ah, man hat sogar unsere Schrift genommen."

„Annähernd", sagte Pan. „Die Worte, die in eurer Schrift nicht möglich waren, sind etwas anders, aber der Rest schon."

„Und was ist das?" fragte er, als er auf die Bilder deutete.

„Das sind holografische Bilder", sagte Pan. Das erste Bild bewegte sich jetzt.

„In der Tat", meinte Jonathan, „tatsächlich." Und er sah, wie das Dorf erschaffen wurde. „Ah, das ist so wie ein Internet-Video, oder?"

Pan musste lächeln. „Na ja, etwas weiterentwickelt schon."

„Aber man kann ja alles sehen."

„ Ja, natürlich, du hast es dir doch gewünscht."

„Aha, jetzt brauche ich nur noch so einen digitalen Bilderrahmen und dann könnte ich alles sehen, die ganze Geschichte der Erde hier, oder?"

„Theoretisch ja, aber es wird hier nicht so gemacht."

„Und wenn die Leute etwas wissen wollen, wie läuft es dann ab?" fragte Jonathan.

„Telepathisch."

„Ach so. Aber ich kann mich doch schlecht telepathisch mit dem Bürgermeister oder dem Chef jetzt verbinden und fragen, wie ist dieses oder jenes gewesen…"

„Nein, nicht mit dem Bürgermeister, sondern mit GOTTVATER persönlich! Ihr könnt fragen und der VATER antwortet euch!"

„Persönlich?" meinte Celina.

„Ja, auf der Erde gibt es ja auch einige Medien, die das können, einige Sprachrohre vom VATER."

„Ja", sagte Jonathan, „ich kenne sogar einen. Ist ein guter Freund von uns, so ein Medium."

„Seht ihr, dann wisst ihr ja, was gemeint ist."

„Und hier kann das jeder?"

„Ja, jeder."

„Ich habe noch eine andere Frage", meinte Jonathan. „Die lieben netten Naturwesen, die uns vorhin begleitet haben, können die auch hier hinkommen?"

„Selbstverständlich", meinte Pan. „In dieser Schwingung können sie leben, wenn sie wollen."

„Ja, und leben welche hier?"

„Ja, es leben welche hier."

„Du, Pan, ich möchte nicht indiskret sein, aber dieser lustige Kerl vorhin, dieser Wurzelsepp mit der lustigen Mütze, ist das ein Naturwesen oder ist das ein Mensch?"

„Weder noch. Er lebt in einer Zwischenwelt."

„Ja, warum nennt er sich denn Wurzelsepp, das ist doch irgendwie sehr lustig."

„Er nennt sich nicht Wurzelsepp, er ist ein Wurzelsepp. Wurzelsepp ist eine Rasse."

„Ach so, ja genau. Und kann der auch hier hinkommen?"

„Er kann seine Gestalt wandeln, und er kann auch hier hinkommen, ja."

„Dann ruf ihn doch bitte mal. Ich habe eine Frage an ihn", sagte Jonathan.

„Kein Problem. Wenn er kommen möchte, kommt er, denn er hat ja einen freien Willen, er muss nicht kommen."

„Ja, ich glaube er kommt schon", meinte Jonathan.

Pan rief den Wurzelsepp telepathisch. Einige Sekunden später erschien der Wurzelsepp vor ihnen.

„Habe die Ehre", sagte der Wurzelsepp. „Was möchtest du denn von mir, Jonathan?" fragte er.

„Ach weißt du, lieber Wurzelseppler, wir waren vorhin so unhöflich, ich wollte mich entschuldigen, wir haben dich gar nicht mit dem nötigen Respekt behandelt ...“

„Ach, das ist doch schon längst vergessen", sagte der Wurzelsepp, „ich bin doch nicht nachtragend.“

„Dann ist es ja gut", sagte auch Celina. „Mir tut es auch leid, war nicht so gemeint.“

„Ist schon alles vergessen. Es fließt viel Wasser den Berg herunter, jaja!“

„Danke noch einmal, danke.“

„Gern geschehen", sagte der Wurzelsepp und weg war er.

„Ach, das ist ja alles einfach hier", meinte Jonathan. „Bei uns ist es alles so kompliziert.“

„Das macht ihr euch selber", sagte Pan, „nicht die Leute, ihr macht es euch selber. Wenn ihr meint, dass es kompliziert ist, dann ist es kompliziert. Und wenn ihr meint, dass es einfach ist, dann ist es auch einfach.“

„Meinst du wirklich, Pan?“

„Ja."

Plötzlich meldete sich ein Wesen. „Darf ich mal stören?"

Jonathan drehte sich um.

„Ah, du bist doch Dumba oder Dumpa oder, dieser Gnom, richtig?"

„Dumpa, der Gnom, ja, in der Tat."

„Sag mal Dumpa, wir waren vorhin ein bisschen unhöflich, es tut mir leid, es war nicht so beabsichtigt", sagte Jonathan.

„Es ist niemand böse auf euch", sagte Dumpa. „Auch wir, die wir in der Ebene leben, die ihr das Reich des Pan nennt, können hier ein- und ausgehen, wie in eurer Welt. Wir haben praktisch die Möglichkeit, überall hinzureisen."

„Habt ihr keine Blockaden oder keine Grenzen oder 'nen Zoll oder wie man das nennt", fragte Celina.

„Nein, wir haben keine Grenzen. Wir können überall hinreisen, aber nur wenn wir positive Absichten haben, sonst nicht."

„Das ist gut", meinte Jonathan, „das ist gut. Sag mal Dumpa, die Gnome, die haben ja nicht so einen guten Ruf auf der Erde. Warum gibt es denn da welche, die so, na ja, böse sind oder Blödsinn machen?"

„Böse sind sie nicht", meinte Dumpa. „Sie sind manchmal etwas keck oder frech, aber böse sind sie nicht."

„Na ja", meinte Jonathan, „es ist nicht so nett, wenn man einem den Schlüssel versteckt oder den Schlüsselbund"

„Das passiert aber nur, wenn diese Menschen zu den Gnomen oder zu anderen Naturwesen böse waren, sonst nicht."

„Ach so, das ist so eine Art Resonanz."

„Nein, es soll ihnen nur einen Fingerzeig geben, dass etwas da ist und dass man nicht mit ihnen umspringen kann, wie man mit einem Stück Brot oder mit einem Stück Butter."

„Du hast Vergleiche", meinte Celina.

„Es ist aber so", sagte Dumpa.

Pan schaltete sich ein. „Ja, Dumpa, du hast ja jetzt gesagt, was du wolltest, und jetzt müssen wir leider mit dem Reden aufhören, sonst kommen wir mit dem straffen Programm nicht durch. Dankeschön, Dumpa."

„Gern geschehen, Pan." Schwupp, weg war er!

„Straffes Programm", meinte Jonathan.

„Ja, ein sehr straffes Programm. Wir wollten noch sehr viel zeigen."

„ Aber du kannst doch Zeit dehnen, Pan."

„Das kann ich schon, aber eure Körper werden irgendwann müde, sie brauchen Schlaf, und das ist ganz wichtig."

„Meinst du, dass wir hier Schlaf brauchen?"

„Ihr braucht erst mal überall Schlaf, der Körper muss sich zuerst einmal daran gewöhnen", sagte Pan.

„Gut, dann werden wir wohl bald schlafen."

„Nein, so war das nicht gemeint, noch nicht. Aber ihr wollt doch bestimmt die anderen Bewohner auch kennen lernen."

„Gerne", sagte Jonathan.

„Andere Bewohner?" fragte Celina.

„Ja, hier kommt jemand."

Sie drehten sich um und gingen zur Tür und schauten hinaus. Dort lief ein Dromedar herum.

„Ah, ein Kamel, cool", sagte Jonathan.

„Schau mal genau hin", meinte Celina. „Der hat doch nur einen Höcker, dann ist es ein Dromedar."

„In der Tat, eine Art Dromedar", sagte Pan, „aber es kann reden."

„Es kann reden?" sagte Celina irritiert.

„Ich grüße euch", sagte das Dromedar, „es ist schön, wieder einmal Menschen von drüben zu sehen."

„Wir grüßen dich auch", sagte Jonathan. „Wie heißt du denn?"

„Ich habe keinen Namen in eurer Sprache."

„Dürfen wir dir einen geben?" fragte Celina.

„Gerne, wenn ihr möchtet."

„Dann nennen wir dich Paul." Sie lächelte.

„Gut, dann heiß ich jetzt für euch Paul."

„Wie kommst du denn jetzt auf Paul?" fragte Jonathan. „Hättest du nicht einen schöneren Namen wählen können?"

„Paul ist doch ein schöner Name", sagte Celina. „Außerdem habe ich einen Verwandten, der Paul heißt, und ich mag den Namen."

„Gut, dann werde ich jetzt für euch Paul heißen", sagte das Dromedar.

„Möchtest du uns etwas zeigen?" fragte Jonathan.

„Ja. Möchtet ihr auf meinem Rücken reiten?"

„Ach, das ist bestimmt zu unbequem", meinte Jonathan, „mit einem Höcker."

„Ihr müsst nicht ganz draufsitzen, ihr schwebt nur drüber. Ich werde einen Sitz manifestieren, da könnt ihr dann draufsitzen oder schweben."

„Ah ja", sagte Jonathan, „gut."

Ein paar Augenblicke später war der Sitz manifestiert, und die beiden saßen oder besser gesagt, schwebten über dem Sitz.

Es war ein Bild für die Götter, hätte man fast gesagt, in der weltlichen Sprache der Erde. Langsam trottete Paul los.

„Wir werden ja gar nicht durchgeschüttelt", sagte Celina, „das ist ungewöhnlich."

„Ihr seid ja nur feinstofflich mit mir verbunden."

„Kannst du ein bisschen deutlicher sprechen?" fragte Jonathan, „wir verstehen dich fast gar nicht."

„Es ist schwer in eurer Sprache zu sprechen."

„Jetzt haben wir dich besser verstanden, danke, Paul."

„Gern geschehen."

Pan schwebte neben ihnen her.

„Wie machst du das, Pan?"

„Ich habe es euch doch schon erklärt. Wir sind schon einen Tag hier, übrigens nach eurer Erdenzeit gerechnet. Samstag, 9.00 Uhr."

„Aber wir sind doch erst 2 Stunden hier oder so…"

„Das täuscht, die Zeit vergeht hier anders", sagte Pan.

Jonathan sagte: „Hauptsache, du hast den totalen Überblick mit der Zeit."

„Ja, den habe ich", sagte Pan.

„Paul?" fragte Jonathan.

„Ja?" antwortete das Dromedar.

„Kannst du genau wie die Dromedare oder die Kamele auf der Erde auch ganz viel laufen und auch Wasser aufnehmen oder so?"

„Theoretisch schon, aber hier machen wir das nicht."

Plötzlich tauchte ein kleiner Zwerg neben ihm auf.

He, das ist doch Sandelholzer", meinte Jonathan.

„Hast du mich wieder erkannt?" fragte Sandelholzer, der Zwerg.

„Ja, ich habe dich wieder erkannt, es war doch vorhin so lustig, entschuldige, gestern."

„Sandelholzer, wie kommst du denn hier hin?"

„Genauso wie ihr."

„Kannst du es dir vorstellen oder kannst du fliegen?"

„Ich kann es mir vorstellen, aber fliegen geht auch, jaja!"

„Sag mal, Sandelholzer", fragte Celina, „du könntest uns doch auf die Erde begleiten, oder? Wir haben dich irgendwie ins Herz geschlossen, genau wie Hubertus auch."

„Hubertus ist regelmäßig auf der Erde. Er muss sich doch um seinen Wald kümmern, um den Hügel sozusagen."

„Und Rosaria?"

„Sie kommt auch regelmäßig auf die Erde." Kurz darauf schwebte die kleine Elfe heran.

„Ah, da ist Rosaria", sagte Celina.

„Ich grüße euch!"

„Ja, da sind wir ja fast wieder alle komplett", meinte Jonathan.

„Ja, gleich kommt eine Überraschung für euch", sagte Pan. „Haltet euch fest."

Langsam trabte Paul los, die beiden Zwerge Sandelholzer und Hubertus, der sich mittlerweile auch eingefunden hatte, Rosaria, die Elfe, Dumpa, der Gnom und natürlich Pan und hinterher noch Pegasus machten sich auf den Weg.

7. Kapitel – Ausflug nach Treasolien

„So meine Lieben", sagte Pan, „jetzt kommt die eben erwähnte Überraschung."

Jonathan und Celina schauten sich an.

„Aber hier ist doch alles wie vorher", sagten sie.

„Nein, ist es nicht, schaut einmal genau", und Pan deutete mit der Hand in eine Richtung, die am Horizont lag. „Dort steht ein Phasenweiser."

„Was ist ein Phasenweiser?" fragte Jonathan.

„Nun, das ist Gerät, mit dem man die Phase verschieben kann."

„Und wo kann man damit hin, oder was kann man damit machen?" fragte Jonathan.

„Sei nicht so neugierig", sagte Pan und grinste. „Das zeige ich euch gleich". Sie gingen die etwa 300 m bis zum Phasenweiser. Als sie davor standen, war es ein großes ufo-ähnliches Gebilde.

„Das ist doch ein Ufo", sagte Celina. „Das ist doch nichts Besonderes. So etwas gibt es auf unserer Erde auch."

„Das glaubst aber auch nur du", sagte Pan. „Das ist kein Ufo, sondern ein Phasenweiser."

„Ja, was ist das denn?"

„Das werdet ihr gleich merken." Pan schaute auf den Phasenweiser und wie von Geisterhand öffnete sich eine Tür.

„Wie bei dem Ufo", sagte Jonathan, „da ist es auch so ähnlich gegangen."

„Warte es nur ab." Pan trat hinein, und die beiden folgten. „Ihr müsst so lange draußen bleiben", sagte er zu den Naturwesen, „es passen nur drei hinein." Sie nickten. Die Tür schloss sich wieder. „Setzt euch bitte", sagte Pan.

Jonathan schaute. Es waren drei Sitzplätze und zwar so angeordnet, dass auf der einen Seite zwei waren und der andere Sitzplatz ihnen gegenüber. Pan setzte sich auf den einzelnen Sitzplatz und Celina und Jonathan setzten sich auf die zwei anderen Plätze.

„Was hättet ihr denn gern einmal gesehen?" fragte Pan.

„Wie meinst du das?" fragte Celina als Gegenfrage.

„Das, was euch am meisten gefallen würde."

„Och, ich hätte gern einmal gesehen, ob es die alten Römer wirklich gab und wie die so marschiert sind und wie die ganze militärische Handhabung war", meinte Jonathan.

Celina schaute ihn an und zeigte ihm einen Vogel. „Spinnst du, wir haben hier die Möglichkeit, alles zu sehen, und du willst die alten Römer sehen? Ja, was soll das denn jetzt?"

„Lass ihn bitte", sagte Pan und lächelte. „Dort vor euch liegen so eine Art Kopfhörer. Setzt sie bitte auf."

Jonathan schaute hin und sagte: „ So ne Art W-Lan, da sind ja keine Kabel dran."

„Nein, das ist kein W-Lan", meinte Pan und lächelte wieder. „Es strahlt nicht. Setzt sie ruhig auf."

Sie taten es und vorne war eine Art verlängertes Kabel mit einem Spiegel dran.

„Das ist kein Spiegel", sagte Pan, „es sieht nur so aus. Tragt es und tut dieses Kabel mit dem, was ihr Spiegel nennt, in etwa vor euer linkes Auge."

Sie machten es, und Pan sagte: „Es geht los." Und plötzlich war vor ihnen, wie auf einer riesigen Leinwand im Kino, alles in großer Farbe zu sehen. Sie sahen die römischen Soldaten, als sie auf der Erde lebten und wie sie marschierten. Und dann wurde in einem kurzen Zeitraffer gezeigt, wie sie kämpften, was sie machten, als wenn es eine Art „Best of" in kurzer Folge war. Nach wenigen Minuten legte Jonathan den „Kopfhörer" wieder zur Seite, und auch Celina war bedient.

„Wow! Das war ja, als wenn wir dabei gewesen wären", sagte Jonathan.

„Ihr wart dabei. Wir sind doch im Phasenweiser."

„Ha, das heißt, die Phasen werden so verschoben und so hin- und hergeschoben, dass wir alles live erleben können, egal wo es stattfindet bzw. stattfand?"

„So ist es", sagte Pan.

„Phänomenal!"

„ Aber jetzt komm nicht auf dumme Gedanken", sagte Celina, weil sie sich vorstellen konnte, was Jonathan sich jetzt wünschen wollte.

„Nein, ich will mir nicht das Fußballendspiel von 1954 angucken, nein, nein, das weißt du doch."

„Ein Glück", sagte Celina und schmunzelte.

Pan lächelte. „Was für Ideen ihr habt. Da wäre ich gar nicht darauf gekommen, ein Fußballendspiel anzugucken."

„Und die Kreuzigung Jesu Christi guckst du auch nicht an", sagte Celina in erstem Wort. „Das kann ich nicht ertragen."

„Nein, das nicht. Aber möchtet ihr mal live sehen, wie die Jünger mit Jesus gelebt haben, und möchtet ihr sie auch verstehen können?" fragte Pan.

„Ja, geht das denn?" fragte Celina.

„Ja, wir können live zur Bergpredigt schalten, das geht, das ist erlaubt."

„Die Bergpredigt?"

„Ja, aber nur die Bergpredigt, mehr ist nicht erlaubt."

„Ja, das ist ja wunderschön!"

Sie setzen die „Kopfhörer" auf, und schon war das Bild da. Sie sahen Jesus, wie er predigte und wie die Menschen davor standen und ihm zuhörten. Sie konnten jetzt zum ersten Mal sehen, wie Jesus wirklich aussah. Er war sehr groß. Jonathan schätzte so ungefähr um die 1,90 m, sehr hager, aber trotzdem keine eingefallenen Züge. Er war zwar sehr schlank, aber er war nicht dürr. Und seine Augen hatten eine

Ausstrahlung! Es war so, als wenn man in die Ewigkeit schaute. Seine Haare waren in der Tat etwas länger als schulterlang, und auch sein Bart war relativ gepflegt für die damaligen Verhältnisse. Und während er predigte und sprach hatten die beiden das Gefühl, als säßen sie auf dem Schoß von GOTTVATER. Es war kaum zu glauben, die Schwingung war so hoch, dass sie die ganze Zeit vibrierten. Nach zwei Minuten schaltete Pan wieder ab.

„Habt ihr gemerkt, was damals los war?"

„Ja", sagte Celina.

„Oh ich bin noch ganz überwältigt", sagte Jonathan auch.

„Jetzt könnt ihr euch vorstellen, wie glücklich die Jünger damals waren, bei Jesus dabei zu sein und ihm jeden Wunsch zu erfüllen, den er ihnen auftrug."

„Stimmt es, dass alle Menschen, die bei der Kreuzigung weinen oder wenn sie einen Film sehen oder wenn sie ein Bild sehen, wo Jesus gekreuzigt ist, wenn sie da weinen müssen oder wenn sie es nicht ertragen können, dass sie damals dabei waren?" fragte Celina leicht stammelnd. Sie war immer noch völlig gerührt und konnte kaum eine klarere Wortwahl treffen.

„In den meisten Fällen ist es so, meine Tochter", sagte Pan. „Viele von euch, so wie ihr auch, waren damals inkarniert und haben Jesus „live" erlebt und auch die Kreuzigung."

„Oh", sagte Celina, und ihr standen ein paar Tränen in den Augen.

„Möchtet ihr noch etwas sehen?" fragte Pan.

„Einen Wunsch hätte ich auch", sagte Celina, „einen ganz bescheidenen Wunsch."

„Und der wäre?" fragte Pan.

„Ich möchte einmal das echte Märchen sehen, von Schneewittchen und den sieben Zwergen."

Jonathan schaute sie an. „Aber jetzt bist du total durchgeknallt oder? Du hast doch heute schon Zwerge gesehen, warum willst du denn ein Märchen sehen?"

„Lass sie ruhig", sagte Pan. „Reg dich nicht auf. Alles ist gut!"

Und in dem Moment änderte sich das Bild, und man sah Schneewittchen. Und Schneewittchen war wunderschön! Sie sah wie ein Engelchen aus, mit ihren schwarzen langen Haaren, und auch die Zwerge… – „Hui!" sagte Jonathan, „der eine sieht ja aus wie Sandelholzer!"

„Er ist es aber nicht", sagte Pan, „aber er ähnelt ihm wirklich, in der Tat."

Und die Zwerge erfüllten Schneewittchen jeden Wunsch.

„Stimmt es", fragte Jonathan, als die Szene zu Ende war, „dass es im Spessart spielt?"

„Ja, in der Nähe von Lohr am Main", sagte Pan.

„Dann stimmt die Legende?" hakte jetzt Celina nach.

„Ja, sie stimmt, in der Tat! Warum sollen die Märchen auch nicht stimmen?"

„Das freut mich aber. Weißt du Pan, wir haben ein paar gute Freunde im Spessart wohnen und die freuen sich, wenn die Geschichten stimmen."

„Ja, und wenn ich dir jetzt noch sage, lieber Jonathan, dass einige der Zwerge immer noch auf der Erde sind…"

„Ehrlich?"

„Ja, zwei von den sieben sind noch da, und der eine heißt Wachtmann, und den kennt ihr."

„Der Wachtmann? Ja, den kennen wir in der Tat. Der lebt ja im Spessart. Können wir den dann fragen, wenn wir nächstes Mal da sind?"

„Ja, ihr könnt ihn natürlich schon fragen. Ob er euch aber Auskunft gibt ist eine andere Frage."

„Ja, was ist mit Schneewittchen geworden? Ist sie alt geworden?" fragte Celina.

„Sie hat ein normales Alter erreicht."

„Aber die Geschichte ist doch sooooo schön", sagte Celina schwärmerisch, „sooooo schön…"

„Sie ist in der Tat so schön, aber es ist auch ganz wichtig, dass ihr lernt, dass die meisten Märchen zwar einen wahren Kern haben, aber meistens eine Botschaft beherbergen. Und diese Botschaft ist manchmal auch etwas verdreht worden oder verschlüsselt."

„Ja, so wie bei Rotkäppchen. Der böse Wolf, das sind doch bestimmt die Dunklen, oder?" fragte Jonathan.

„Gut erkannt, sehr gut, ein Synonym für die dunkle Seite. Gut erkannt."

„Ja, das habe mir schon fast gedacht", sagte Jonathan, „als ich das erste Mal Rotkäppchen analysierte."

„Aber wir sind jetzt nicht hier, um über Märchen zu philosophieren", sagte Pan. „Ich wollte euch den Phasenweiser zeigen, damit ihr euch vorstellen könnt, dass man jeden Ort, der jemals existierte und jede Szene und jede Situation, die auf dieser Erde oder auf eurer Erde, passierte, sehen kann, jede, rein theoretisch jede."

„Das ist ja so ähnlich, als wenn man in die Akasha-Chronik oder auch morphogenetisches Feld genannt, schaut oder?"

„Genau, das morphogenetische Feld", sagte Pan, „hast du gut erkannt, Celina. Dort kann man alles sehen."

„Ja, aber theoretisch könnte man jetzt nicht irgendwie, ja, ich weiß nicht, wie ich es ausdrücken soll", sagte Celina, „kann man das nicht vielleicht auf Festplatte bringen oder auf eine CD brennen, auf einen Rohling, und dann mitnehmen?"

„Nein, das geht nicht. Diese Ereignisse und diese Erlebnisse, die ihr jetzt gesehen habt, könnt ihr nur im Gedächtnis mitnehmen, nicht auf CD brennen oder auf DVD, wie es bei euch heißt."

„Schade", sagte Jonathan, „das wäre ein Renner, wenn ich „live" Schneewittchen und die 7 Zwerge zeigen könnte."

„Nun, du kannst es ihnen erklären, das reicht doch."

„Na ja, die Menschen sind ein bisschen komisch bei uns, weißt du doch. Erklären ist schön und gut, aber wenn man ihnen etwas „live" zeigt oder auf CD oder auf DVD, das ist schon etwas anderes."

„Die Menschen dürfen lernen umzudenken", sagte Pan. „Wichtig ist, dass ihr mit dem Herzen denkt. Und dann könnt ihr auch Bilder sehen."

„Na ja, das sag den Menschen mal so…"

„Ich habe jetzt etwas ganz Wunderbares mit euch vor. Ich möchte mit euch und den Naturwesen und unseren neuen Freunden oder euren neuen Freunden besser gesagt, dem Jensen, der Hallo, der Petzl, dem Hans, der Dora und der Helanie auf eure Erde reisen. Sie sollen einmal eure Erde kennen lernen."

„Ja, geht das denn?" fragte Celina.

„Ja, das geht", sagte Pan, „das geht sogar sehr gut."

„Und wie?" fragte Jonathan, „mit dem Phasenweiser?"

„Nein, mit dem kann man nur schauen, aber wir haben eine Art UFO, wie ihr es nennt, eine Art Schiff, mit dem man durch Raum und Zeit reisen kann. Da geht es viel schneller, als wie ihr hier hergekommen seid."

„Und warum hast du uns nicht gleich so abgeholt?" fragte Jonathan.

„Ja, hätte das euch gefallen, dann hättet ihr doch meine Welt gar nicht gesehen und die kleinen süßen Naturwesen."

„Hast du auch wieder Recht", sagte Celina, „das stimmt allerdings."

„Gut, dann verlassen wir jetzt den Phasenweiser und machen uns auf den Weg zu euren neuen Freunden."

8. Kapitel – Reise zur anderen Erde

15 Minuten später hatten sie das Dorf Balaban wieder erreicht. Jensen trat ihnen entgegen.

„Und habt ihr den Phasenweiser kennen gelernt?" fragte er.

Jonathan nickte.

„Ganz schön interessant, oder?"

„Ja, habt ihr noch nicht da hereingeguckt?" fragte er Jensen, „dann könnt ihr doch unsere Welt sehen."

„Das dürfen wir nicht, nur in Ausnahmesituationen, nur wenn es darum geht, etwas nicht zu tun."

„Ach so, ihr dürftet gar nicht die ganzen Situationen sehen, die Kriege und alles, was stattgefunden hat."

„Nein, das wäre viel zu gefährlich. Wir könnten dann gar nicht unsere hohe Schwingung hier halten."

„Ja, aber wenn ihr jetzt doch mit uns auf die Erde reist?"

„Wir reisen mit euch auf eure Erde?" fragte jetzt Hallo.

„Ja, wusstest du das nicht?" fragte Celina zurück.

„Nein, natürlich nicht."

Pan lächelte. „Wir haben bestimmte Vorkehrungen getroffen, wisst ihr. Es ist nicht einfach so, dass ihr ohne Schutz auf die andere Erde reisen könnt, dort wo Jonathan und Celina leben, sondern ihr braucht einen „super guten" Schutz, wenn ich das mal so in eurer Sprache sagen darf."

„Und wie geht der?" fragte Celina.

„Wir haben einen permanenten Lichtschutz, und der wird uns begleiten. Außerdem werden wir in der Frequenz verschoben sein, so dass uns niemand auf der Erde von Jonathan und Celina sehen kann."

„Wirklich niemand?" fragte Jonathan.

„Wahrscheinlich nicht. Es gibt einige Menschen, die uns dann vielleicht wahrnehmen können, aber nicht unterscheiden können, ob es Naturwesen, Engel oder Außerirdische sind."

„Ah, verstehe", sagte Celina, „raffiniert. Wie machen wir das?"

„Wir werden jetzt gleich gemeinsam beten und uns dann einhüllen."

Sie stellten sich im Kreis auf. Pan stand in der Mitte. „Geliebter VATER", sagte er, „wir bitten Dich jetzt um den absoluten Schutz für unsere Gruppe, dass wir überall beschützt und behütet sind, und wenn es so sein darf, dann werden wir jetzt einen Ausflug auf die andere Erde machen, damit unsere Freunde hier einmal den Eindruck bekommen, wie es drüben ist. Wir möchten so lange geschützt und behütet sein, dass nichts und niemand zu Schaden kommt, vor allem, dass die Schwingung aller Teilnehmer hochgehalten werden kann. Amen. Danke, danke, danke, Dein Wille geschieht jetzt", sagte Pan.

Und in dem Moment hüllte sie eine große Lichtsäule ein.

„Oh, das sind ja Regenbogenfarben."

„Fast", sagte Pan, „fast."

Vier Farben waren ständig zugange, es war ein Blauton, ein Grünton, ein Orangeton und ein Rosaton. Diese 4 Farben hüllten sie ein. Pan sagte noch: „Nehmt euch an die Hände."

Und auch die Naturwesen gehorchten, und alle fassten sich an. Und in dem Moment ... lösten sie sich wie in Luft auf. Es dauerte nur 3 Sekunden, dann waren sie auf der Erde von Jonathan und Celina. Sie landeten in der Heimat von Jonathan im Allgäu. Celina wohnte seit einigen Jahren auch hier, und es gefiel ihr sehr gut.

„Das ist ja das Allgäu", sagte Jonathan. „Ha, wir sind hier in der Nähe von Kempten, das kenne ich."

„Ja, ich habe bewusst einen Ort ausgewählt, den du kennst, Jonathan, damit du unseren Freunden hier einiges erklären kannst."

„Kein Problem", sagte Jonathan, „schaut da vorne, das sind die Alpen", und er zeigte in ihre Richtung.

„Schöne Berge", sagte Hallo, „wunderschön."

„Und da, sehr ihr da, das sind Autos."

„Pfui, was ist denn das?" fragte Jensen, „das stinkt ja."

Pan lächelte. „Ich habe euch bewusst eure Geruchsnerven gelassen, damit ihr einmal merkt, was für ein Unterschied auf eurer Erde zu dieser Erde hier ist."

Auch Hans hielt sich die Nase zu und sagte: „Das ist ja kaum auszuhalten, dieser Gestank."

„Gut, wir gehen zu einem anderen Platz", sagte Pan.

Schon lösten sie sich auf. Sie waren mitten auf einem Bauernhof in Mecklenburg-Vorpommern gelandet.

„Was ist denn das für ein Geruch?" fragte Jensen.

„Das sind Kühe", sagte Jonathan, „das da ist, glaube ich, die Ostsee."

Ja, sie waren nämlich nicht weit von der Ostsee entfernt. Oben in der Nähe von Mecklenburg-Vorpommern gab es einen sehr großen Bauernhof. Dort waren sie gelandet.

„Hier sind ja Kühe ohne Ende, das ist ja fast wie im Allgäu, nur dass die Berge fehlen", sagte Jonathan.

„Was für ein Gestank, was ist denn das?" fragte Petzl.

„Das ist Gülle", sagte Jonathan.

„Und das müsst ihr aushalten?"

„Ja", sagte Celina. „Ich bin auch nicht begeistert davon. Früher war die Gülle noch relativ natürlich, aber heutzutage ist sie alles andere als gut."

... Und es ging weiter.

„Wo sind wir denn jetzt?" fragte Celina.

„Wir sind in Indien", sagte Pan. „Das da ist der Ganges. Ein Fluss, aber ein besonderer Fluss. Hier schwimmen auch mal Tote drin, hier schwimmen Menschen, die verletzt sind, drin, hier schwimmt Unrat drin, aber trotzdem hat der Fluss die

Heilkraft behalten. Man kann das Wasser trinken, ohne krank zu werden."

„Wirklich?" fragte Jonathan, „das wusste ich ja noch gar nicht."

„Jetzt weißt du es", sagte Pan. „Warum haben die Frauen denn so komische Punkte über der Stirn?"

„Das gehört zu ihrer Religion."

„Ach so", sagte Petzl, „interessant."

... Und wieder waren sie weg.

„Wo sind wir denn jetzt, hier ist es so kalt", sagte Jonathan.

„Wir sind im Himalaja Gebirge."

„Aber du willst uns doch jetzt nicht einen Yeti zeigen", sagte Jonathan scherzhaft.

„Doch, das habe ich in der Tat vor, euch einen zu zeigen", sagte Pan.

Celina guckte ihn an und sagte: „Du musst uns nicht veräppeln, Pan. Wir haben heute nicht den 1. April."

Pan schaute ganz ernst. „Ich möchte euch auch nicht veräppeln, wie du sagst. Es gibt hier wirklich Yetis oder Big Foots, wie sie in Amerika heißen. Da, da sind zwei, und dann zeigte er in eine Richtung."

Sie schauten dort hin und sahen zwei aufrecht gehende menschenähnliche Wesen, die auf den ersten Blick aussahen wie eine Mischung aus einem Affen und einem Menschen.

„Die sind ja riesig, ich denke mal so 2,70 m – 3 m oder so, kann das sein?" fragte Jonathan.

„Ja, deine Schätzung ist gut. Sie sind annähernd 3 m groß", sagte Pan.

„Ja und was soll uns das jetzt sagen?"

Pan lächelte. „Sie können uns nicht sehen. Wir haben die Frequenz so verschoben, dass sie uns auch nicht sehen können. Sie leben in der inneren Erde."

„Wirklich?" fragte Celina, „Ehrlich, dann sind die Geschichten ja wahr, die wir im Internet gelesen haben…"

„Ich weiß zwar nicht, was ihr gelesen habt", sagte Pan, „aber wenn das so da steht, dann ist es wahr, ja. Sie sind sehr menschenscheu. Wenn Menschen kommen, dann verschwinden sie, sie haben hier ganz viele Eingänge, wo sie sich innen verstecken können."

„Ah", sagte Jonathan, „schade, dass ich jetzt keinen Fotoapparat dabei habe."

„Behaltet ihr Antlitz so im Gedächtnis."

Jonathan lächelte. „Du sprichst schon wie mein Freund Johannes, der sagte auch immer, man kriegt alles, was man braucht. So ist es doch auch, der ist nämlich auch Kunstmaler wie ich."

„Ich kenne Johannes gut", sagte Pan und lächelte. „Da bin ich oft zu Gast."

„Na dann ist es ja einfach", sagte Jonathan.

„Du wirst auch noch eines Tages so werden wie der Johannes, wenn du dich anstrengst", sagte Pan.

„Schön, so ein großes Herz wie er möchte ich auch einmal haben."

„Dein Herz ist fast genauso groß", sagte Pan, „du musst es nur noch stärker mit Liebe füllen, noch stärker als jetzt."

„Gut", sagte Jonathan, „dann denke ich ab sofort nicht mehr an das Geldverdienen, sondern dass ich Gutes tue."

„So ist es richtig", sagte Celina, „genauso."

... Und schon waren sie wieder an einem anderen Ort.

„Wo sind wir hier?" fragte Celina.

„Das ist eine Wüste. Schaut einmal, was da ist." Pan deutete auf den Wüstenboden. „Jetzt zeige ich euch, was unter dem Wüstenboden ist", und wie mit einem Röntgenblick konnten sie auf einmal 1500 m tief hinuntersehen.

„Wasser, Wasser ist da!" rief Celina erstaunt, „Wasser!"

Jensen schaute sie an. „Ja, was ist daran so ungewöhnlich, dass da Wasser ist?" fragte er.

„Ja, das ist eine Wüste, wo soll da Wasser herkommen?"

„Das ist Grundwasser", sagte Pan. „Das ist hier überall unter dem Wüstenboden oder fast überall, nur die meisten wissen es nicht."

„Ja, aber 1500 m kann man doch tief bohren."

Jonathan schüttelte den Kopf.

„Man kann viel tiefer bohren", sagte Pan. „Aber die meisten Menschen haben gar keine Ahnung, dass man da bohren könnte."

… Und schon waren sie beim nächsten Ort.

„Schottland", sagte Jonathan, ich kenne das von Karten, Fotos und Filmen. Mein Freund Johannes ist doch so ein großer Schottlandfan."

Pan grinste. „Ja, ich war mit Johannes schon ein paar Mal in Schottland, das war sehr nett."

„Gibt es das Ungeheuer von Loch Ness wirklich?" fragte Celina.

Hans mischte sich ein: „Ungeheuer von Loch Ness, was ist denn das? Was ist ein Ungeheuer?"

„Ach, ihr seid ja so brav", sagte Celina schmunzelnd. „Ihr wisst ja alles gar nicht. Also, Ungeheuer das sind…"

„Ja man sagt Ungeheuer …" sagte Pan, „Lass mich mal reden. Verunsichere bitte unsere Freunde hier nicht. Also, in diesem See, den man Loch Ness nennt, schwimmen ein paar von vorzeitlichen Echsen oder von vorzeitlichen Sauriern, wie ihr es nennen möchtet, und sie haben als Gruppe überlebt, und da der Loch Ness, dieser See, sehr fischreich ist und sehr viele unterirdische Höhlen hat, können sie sich auch gut verstecken."

„Ach, dann sind die Geschichten echt?" fragte Celina.

„In der Tat", sagte Pan, „aber sie sind sehr scheu, und sie haben von der geistigen Welt und von den Naturwesen so viel Hilfe, dass sie nicht erkannt werden."

„Aber Johannes hat doch mal erzählt, dass er sie gesehen hat oder eines gesehen hat", sagte Jonathan.

„Das hat er auch, aber nachts, da kommen sie oft an die Oberfläche."

„Ach so …"

… Weg waren sie wieder. Sie schauten sich um, es war eine wüste Ödenei.

„Wo sind wir hier?" fragte Celina.

„Ihr seid in der Antarktis", sagte Pan.

„Aber es ist gar nicht kalt", sagte Jonathan.

„Nein, es ist auch ein Märchen, was euch aufgebunden wird, dass es in der Antarktis überall kalt sein soll. Natürlich gibt es da Eis, aber es gibt auch eisfreie Flächen, und da ist es warm, bis zu 25°."

„Aber hier ist nichts, hier ist grüne Wiese, hier ist sonst nichts und ein bisschen öde halt."

Celina sagte das mit einem Seufzer.

„Richtig, aber schaut mal, was da kommt…"

„Ein Mammut, ein Mammut, ein lebendiges Mammut", sagte Celina und schreckte zusammen.

„Hab` keine Angst, es tut dir nichts, es hat viel mehr Angst vor dir als du vor ihm."

„Was, ein Mammut hat Angst vor mir?" fragte sie irritiert.

„Mammuts sind ganz sensible Tiere", sagte Pan, „Ganz, ganz sensibel."

„Mammuts sind sensibel?" fragte jetzt auch Jonathan.

„Ja, wenn ich es euch sage, sie sind noch sensibler als Elefanten", sagte Pan.

Jonathan grinste. „Cool, ob man die streicheln kann?"

„Sprich mit ihm, er versteht dich", sagte Pan.

Hans reagierte als erster der Gruppe. „Das probiere ich aus." Er schaute das Mammut an und sagte: „Grüß dich, Doribo."

Jonathan schaute ihn überrascht an. „Woher weißt du, dass er Doribo heißt?"

„Er hat es mir gesagt", sagte Hans.

„Du kannst mit ihm reden?"

„In unserer Welt können wir mit allen Tieren reden und ich hab`s einfach probiert."

„Das heißt, das Mammut hat dich verstanden?" fragte jetzt Celina.

„Ja."

„Dann probiere ich es auch einmal", sagte Jonathan. „Doribo, Doribo, Doribo…"

Das Mammut antwortete: „Wuuuu… einmal rufen reicht!"

„Ich habe ihn verstanden", sagte Jonathan.

„Ich auch", sagte Celina.

„Alle habt ihr ihn verstanden. Er hat ja so gesprochen, dass ihr es versteht, in einer telepathischen Sprache, die verständlich ist." Pan sagte das lächelnd.

„Bleibt die Telepathie jetzt bei uns?" fragte Jonathan.

„Nein, sie bleibt nicht bei euch, ihr müsst sie euch wieder erarbeiten."

„Schade", sagte Celina, „echt schade."

„Wir können es, kein Problem", sagte Jensen.

„Ja, ihr könnt so viele tolle Sachen", meinte Celina und war etwas traurig.

Pan mischte sich wieder ein. „Nicht traurig werden. Eines Tages könnt ihr es."

„Tschüs Doribo!"

„Wuuuuu" machte er und sie verließen die Antarktis.

„Und wo geht es jetzt hin?" fragte Petzl.

„Jetzt werdet ihr mal New York erleben", sagte Pan zu den Freunden von der anderen Erde.

„Was ist New York?" fragte Jensen.

„Ach, das muss ich euch nicht erklären", sagte Jonathan, „Da möchte ich niemals hin, na ja, jetzt muss ich ja wahrscheinlich ..."

Und sie waren mitten im Zeitgeschehen von New York. Hektik, Stress, überall hupende Taxis, Autos, die Menschen waren hektisch, alle hatten Handys am Ohr.

„Ah, hier tut mir alles weh, was ist das – au, au", sagte Hans und hielt sich die Ohren zu.

„Das sind die ganzen Handystrahlen und W-Lan-Strahlen und alles Negative hat sich hier in New York konzentriert."

„Ich möchte hier wieder weg", sagte Jensen.

„Einen Moment noch", sagte Pan. „Wir sind zwar geschützt, aber ich habe bewusst zugelassen, dass ihr mal die Strahlung und die Schwingung spürt."

„Das tut weh, wie kann man hier denn nur freiwillig leben?" sagte Hallo.

„Jetzt merke ich es auch", sagte Jonathan, „heftig, da ist es ja in Deutschland nichts dagegen."

„Sehr heftig", sagte Celina. „Ich bin zwar nicht so feinfühlig wie Jonathan, aber das spüre ich sogar."

... Schon waren sie wieder weg.

„Was für eine Erholung! Wir sind ja auf einem Berg."

Jonathan sagte das voller Freude!

„Ja, aber ihr könnt hier nicht hinunterfallen."

„Welcher Berg ist das?" fragte Celina.

„Das ist der Mount Shasta, der liegt in den Rocky Mountains, das ist da, wo Bambusien liegt bzw. in der Nähe des Dorfes Balban, wo unsere Freunde wohnen."

„So sieht es auf eurer Erde aus?" fragte Jensen, „Das ist ja interessant."

„Finde ich auch", sagte Jonathan. „Und wie fühlt ihr euch hier?"

„Ach, es ist eigentlich sehr schön", sagte Jensen. „Die Luft kann man einigermaßen atmen, sie ist zwar nicht ganz so sauber wie bei uns, aber es ist doch ganz o.k."

„Ja", sagte Hans, „das stimmt. Es ist sehr schön hier und überall Schnee. Ja Schnee."

„Woher kennt ihr denn Schnee?" fragte Jonathan.

„Ja, Schnee kennen wir schon, wir sind ja nicht blöd. Oh, das Wort darf ich ja nicht sagen, das Wort ist eines der verbotenen Wörter."

„Hier auf der Erde darfst du es ausnahmsweise mal sagen", sagte Pan.

„Was, bei euch gibt es verbotene Worte?" fragte Jonathan.

„Natürlich, alle Worte, die negativ oder beleidigend sind, würden ja die Schwingung heruntergehen lassen."

„Ah, verstehe", sagte Celina, „Interessant. Also darf man so Worte wie: sie verkniff sich gerade das Wort mit „Sch… ."

„Nein, das darf man nicht sagen", unterbrach sie Pan, „untersteh dich!"

„Ja, ist schon gut."

„Bring ihnen das nicht bei", sagte Pan noch einmal.

„Nein, nein!"

„Welches Wort sollst du uns nicht beibringen?" fragte Petzl.

„Ach, vergiss es einfach wieder."

„Gut, wenn du meinst", sagte Petzl.

„Meine Freunde, vorhin waren wir doch am See, am Wasser des Ganges."

„Das war doch kein Wasser, das war doch ein Fluss", berichtigte Celina Pan.

„Na gut, dann ein Fluss", sagte Pan, „am Fluss Ganges."

„Ja und?" fragte Jonathan.

„Das ist Treasolien."

„Ah, das ist ein wichtiger Ort in Treasolien, umgerechnet es ist Asien."

„Ach so", sagte Hallo, „sehr interessant. Wir haben auch so viele Kraftplätze…"

Und schon waren sie in London.

„Was ist denn hier für eine Energie? Ich krieg Schmerzen im Kopf, ei, das tut ja richtig weh", sagte Dora.

„Auch wir müssen uns den Kopf halten."

„Spürt einen Moment", sagte Pan, „nur einen Moment, das ist einer der dunkelsten Orte der Erde, London."

„Oh, ist das schlimm hier! Und was ist da am Himmel, das ist ja furchtbar, da sind ja Muster am Himmel."

„Das nennt man Chemtrails", sagte Jonathan. „Hier wird überall gesprüht, aber wie die Kesselflicker…"

„Celina, was ist denn los, Celina."

„Ja? So was sagt man nicht, du weißt doch, wir sollen keine üblen Ausdrücke nennen."

„Das ist kein übler Ausdruck, das benutzt du doch auch immer."

„Ja, aber das musst du jetzt auch nicht sagen", sagte Jonathan und grinste.

Pan mischte sich wieder ein. „Ihr beide seid wieder auf der Erde, das merkt man… Jetzt bleibt ganz ruhig, dieses weltliche liebevolle Miteinander verbalisieren…"

„Verbalisieren nennst du es", mischte sich Jonathan ein.

„Na ja, Meinungsaustausch, ist das besser?" sagte Pan.

„Ja, viel besser."

„Liebevolles Kabbeln ist noch besser", sagte Celina und grinste.

„Gut. Also, diese Chemtrails, wie du sie nennst", sagte Pan zu Jonathan, „haben einen bestimmten Grund. Eure Erde, diese Erde hier, wird von eurer Sonne so intensiv bestrahlt, dass die Schwingungen sich auf der Erde erhöhen. Und weil sie sich erhöhen, haben die dunklen Mächte Angst, dass dadurch die

Menschen hellsichtig werden oder sich spirituell weiter-
entwickeln."

„Ja, mein Freund Johannes sagte so etwas auch schon",
meinte Jonathan, „aber nicht genauso intensiv wie du."

„Er hat es dir sanft gesagt. Ich weiß. Aber es ist so", meinte
Pan, „und dadurch, dass sie das sprühen, kommen giftige
Chemikalien auf die Erde und die Menschen werden krank,
die Tiere werden krank, die Bäume werden krank und alles ist
genmanipuliert."

„Was ist genmanipuliert?" fragte Petzl.

„Darf ich?" fragte Jonathan.

Pan nickte.

„Also, du musst dir vorstellen, die Menschen haben eigentlich
friedlich auf der Erde gelebt, aber irgendwann waren einige
dabei, die waren so geldgierig, darf man gierig sagen?"

Pan nickte.

„Die wollten immer mehr haben, weißt du, immer mehr,
immer mehr und immer mehr und wollten die anderen
Menschen unterdrücken. Und sie haben sie ausgebeutet. Und
sie wollten die Menschen unter eine Kontrolle bringen, dass
sie das Sagen haben und die Menschen für sie als Sklaven
arbeiten."

„Das ist ja schrecklich", sagte Jensen. „Warum lasst ihr euch
das gefallen?"

„Wir lassen uns das nicht gefallen", sagte Jonathan, „überhaupt nicht und deshalb haben wir angefangen, etwas dagegen zu tun. Wir haben Chembuster gebaut."

„Was ist das?" fragte Helanie, die Tochter von Dora und Hans.

„Ja, weißt du, wir haben einfach etwas gebaut und GOTTVATER gebeten, dass er damit und mit Hilfe der Luftengel, den Sylphen…"

„Ja, die kennen wir", sagte Jensen und unterbrach ihn, „Entschuldigung, dass ich dich unterbrochen habe, mach weiter…"

„…also mit Hilfe der Naturengel, der Luftengel, werden sie aufgelöst. Dann kann die Sonne wieder mehr zur Erde kommen."

„Das ist ja wunderbar!"

„Ja, aber es ist nicht so schön wie auf eurer Erde", sagte Celina.

„Das kann ja noch kommen", sagte Jensen.

„Also, habt ihr jetzt genug gesehen?" fragte Jensen, „mir reicht`s jedenfalls, können wir wieder auf unsere Erde zurück?"

Einstimmiges Nicken.

Die Naturwesen, die bisher nichts gesagt hatten, meldeten sich zu Wort. Der Gnom Dumpa zuerst.

„Weißt du Jonathan, ich bin ja ab und zu auf der Erde, aber ich bin wieder froh, wenn ich in unserer Welt bin oder auf der anderen Erde, der Eriba."

„Das kann ich verstehen", sagte Jonathan, „das kann ich wirklich verstehen…".

9. Kapitel – Wieder in Bambusien

Alle waren begeistert, nachdem sie wieder in Bambusien angekommen waren.

„Ich bin jetzt ganz ehrlich", sagte Jonathan und flüsterte zu Pan. „Eigentlich, nachdem ich das jetzt gesehen habe, weil viele Orte auf der Welt kannte ich ja noch nicht, nur aus dem Fernsehen oder dem Internet, ich bin ganz ehrlich: Dass wir im Allgäu wohnen ist zwar etwas hinterweltlerisch bei uns, aber im Vergleich zu den Großstädten – nein danke."

„Das Allgäu", sagte Pan, „ist der Ort auf eurer Erde, der am meisten beschützt ist, der die höchste Schwingung hat und wo die meisten Lichtarbeiter wohnen."

„Wirklich?" fragte Celina, „Hochinteressant!"

„Ja, es hat schon seinen Grund. Allgäu heißt Tor zum All, Tor zum Universum."

„Aha, interessant", sagte Celina.

„In der ursprünglichen Bedeutung, nicht was jetzt daraus geworden ist", sagte Pan.

„Ach so, deshalb", meine Celina.

Jensen meldete sich.

„Dürfen wir eigentlich unseren neuen Freunden Jonathan und Celina unsere Welt weiter zeigen?"

„Ihr habt jetzt den ganzen Tag frei und könnt alles zeigen. Ich verabschiede mich und melde mich heute Abend wieder. Gehabt euch wohl und Gott zum Gruß …"

Und weg war Pan.

„Der sagt ja auch: Gehabt euch wohl", sagte Jonathan und grinste. „Das machen unsere Naturwesen auch, und die, die Johannes mitbringt, sowieso."

„Stimmt", sagte Celina.

„Wir sagen das auch", sagte Dumpa.

„Ja, genau", bestätigte es auch Rosaria.

„Warum auch nicht", meinte Hubertus, der Zwerg.

„Ja, ja, das reicht jetzt mit der Bestätigung", meinte Jonathan. „Ist es denn möglich, Hallo, dass ich mal auf die Toilette gehen kann?"

„Auf die Toilette gehen, was heißt das?" fragte Jensen.

„Na ja, das Geschäft machen, du weißt schon, wenn man etwas gegessen hat, muss es doch wieder raus."

„Ach so, jetzt weiß ich, was du meinst. Wir haben einen anderen Ausdruck dafür. Bei uns heißt es Reinigung."

„Der Ausdruck ist gut, den kann man sich auch merken", sagte Jonathan.

„Da vorne, da ist der Ort, wo die Reinigung stattfindet", und zeigte auf ein kleines Gebäude.

„Ein Gebäude für euch alle?"

„Nun", sagte Jensen, „bei uns findet die Reinigung alle 5 – 8 Tage statt."

„Dann dürfte ein Gebäude auch reichen, das stimmt schon. Habt ihr alle zur gleichen Zeit Reinigung?"

„Nein, meistens passt es so, dass sich niemand im Weg steht. Außerdem haben wir 4 Gebäude davon, das reicht für ein Dorf."

„Ah ja."

Jensen begleitete die beiden von der anderen Erde zur ‚Reinigungsstätte'. Auch hier ging die Tür wie aus dem Nichts auf. In das eine trat Jonathan ein, in das andere seine Freundin Celina. Die Tür ging wieder zu, und sie sahen erst einmal nichts.

„Ähm, Jensen", rief ihn Jonathan telepathisch.

Jensen antwortete sofort: „Was möchtest du denn?"

„Ja, wie soll ich hier mein Geschäft erledigen, hier ist nichts."

„Stell es dir einfach vor, dann wird es erscheinen", sagte Jensen.

„Gut." Und Jonathan stellte sich das Klo vor, wie er es von Haus aus gewohnt war. Und wie aus dem Nichts war es da. Er hockte sich drauf und nachdem er fertig war, kam von unten eine Wasserspülung und sein Popo war gesäubert.

„Wie praktisch", dachte Jonathan, das wäre doch eine Erfindung wert. Zwei Minuten später war er wieder draußen.

Celina grinste. Hast du dir es auch vorgestellt?" fragte sie.

Jonathan nickte.

„Wie praktisch, oder?"

„So ist es, praktisch."

Sie gingen wieder zurück in das Dorf Balaban, wo ihre Freunde warteten.

Jonathan räusperte sich: „Ähm, ist das da vorne nicht ein Wurzelsepp oder der Wurzelsepp von damals?"

Hallo nickte. „Es ist ein Wurzelsepp."

Celina rief das Wesen telepathisch und es kam.

„Wir möchten dir einen Namen geben. Ist es erlaubt?"

„Wenn ihr wollt, könnt ihr schon machen, ja gut."

„Ja, wir haben uns für dich einen wunderschönen Namen auserkoren."

„Welchen denn?" fragte er.

„Wir möchten dich Petrosilius nennen."

Das Wurzelsepp Wesen schüttelte den Kopf.

„Nee, den Namen mag ich nicht."

Celina blieb hartnäckig.

„Wie wäre Petrosalius?"

„Petrosalius? Auch nicht."

„Und Peter?" fragte Celina.

„Peter ist schön, ja."

„Gut, dann nennen wir dich ab sofort Peter, der Wurzelsepp, geht das?"

„Ja, das geht!"

Alle freuten sich, dass das Wurzelseppwesen jetzt einen Namen hatte. Peter, der Wurzelsepp. Und danach beratschlagten sie, was sie denn den lieben langen Tag, wie Jonathan und Celina meinten, jetzt tun könnten.

„Oh, Pan wird bald wiederkommen", sagte Petzl.

„Was jetzt schon? Er hat doch gesagt, er kommt heute Abend wieder?"

„Ach, bei uns ist die Zeit anders als bei euch", sagte Jensen.

„Sie vergeht nicht so mit Uhren, wie ihr sie habt, sie vergeht anders."

„Kannst du uns das erklären?" fragte Jonathan.

„Das ist sehr schwierig", sagte Dora, „sehr, sehr schwierig."

„Vielleicht macht es Pan einmal, dass er es euch erklärt, aber jetzt wollen wir doch noch etwas Freude haben, wir haben jetzt auch hier einen Ort, wo wir unsere Freizeit gestalten können."

„Ah, cool", sagte Jonathan.

„Nein, kühl ist es da nicht", sagte Petzl.

„Nein, nein, das war nur eine Ausdrucksweise, Entschuldigung." Sagte Jonathan.

„Ach so", sagte sie. „Folgt uns bitte."

Und sie gingen zu einem See. Dieser See glänzte blaugrün, wie die schönsten Lagunen in den Meeren es tun.

„Ah, hier sieht es ja aus wie in Griechenland", sagte Celina, welche diese Inseln in der griechischen Ägäis sehr mochte.

„Nein, hier sieht es eher aus wie in Hawaii oder Haiti", meinte Jonathan.

„Beides falsch, beides falsch, beides falsch", sagte Peter, der Wurzelsepp.

„Wieso?" fragte Jonathan, „ich kenne Haiti und ich kenne Hawaii, und ich kenne auch die Ägäis, ich kenne ganz viele Orte auf der Erde, ja, ja."

„Mmmh", meinte Peter, „ aber hier sieht es anders aus."

„Na ja, es ist auf jeden Fall sehr schön."

„Das stimmt. Möchtet ihr mal schwimmen ohne nass zu werden?" fragte das Wurzelseppwesen.

„Ja, geht das denn?"

„Natürlich geht das", sagte Jensen, „wir werden nie nass beim Schwimmen, wenn wir es nicht wollen. Wir machen einfach einen Lichtschutz um unseren Körper, und dann können wir im Wasser schwimmen, ohne nass zu werden."

„Was es nicht alles gibt", sagte Celina. „Können wir das auch?"

„Ja, ihr dürft es auch, kein Problem."

„Das ist ja wunderbar, wunderbar", sagte Jonathan und sinnierte noch etwas, „wunderbar, wunderbar."

„Ja, jetzt hast du oft genug wunderbar gesagt, Jonathan", sagte Celina, „du fängst jetzt schon an wie Johannes, der sagt auch andauernd wunderbar."

„Na ja, ich bin ja oft mit ihm zusammen", sagte Jonathan und grinste.

„Ja so oft auch wieder nicht. Hach, ist das schön", sagte Celina auf einmal, nachdem sie einen Lichtschutz um den Körper hatte, das prickelt so und ist wunderbar, und man spürt es kaum. Also, können wir mit unseren Kleidern schwimmen?"

„Ja, natürlich", sagte Jensen, „kein Problem. Wir schwimmen alle mit unseren Kleidern."

„Aha. Kann man da richtig mit einem Kopfsprung 'rein springen?" fragte Jonathan.

„Vielleicht, wir kennen das nicht. Wir gehen ganz langsam hinein."

„Dann machen wir es so wie ihr", sagte Jonathan.

Hallo und Jensen hatten auch einen Lichtschutz um ihren Körper, sie trugen weiterhin ihre weißen Gewänder und darum war ein Lichtschutz, der weißgolden leuchtete. Langsam gingen sie die Treppenstufen hinunter und betraten das Wasser. Es war überhaupt nicht kalt, sie spürten keinen Temperaturunterschied.

„Das ist ja interessant", meinte Jonathan. „Man merkt keinen Temperaturunterschied zu draußen."

„Muss man ja nicht, wir haben ja einen Lichtschutz", sagte Jensen. „Ihr könnt schwimmen, ihr könnt tauchen, ihr könnt euch treiben lassen."

„Habt ihr auch Delphine?" fragte Celina.

„Selbstverständlich haben wir Delphine", meinte Hallo, „natürlich!"

„Kann ich einen rufen oder kann einer kommen?" fragte Celina.

„Es kommen gleich welche, ihr braucht nur daran denken."

Und Jonathan grinste: „Das Wort mit „F" sage ich jetzt nicht, der Flipp, Flipp, Flipp, du weißt schon."

„Nein, nein, das machst du nicht", sagte Celina, „die heißen hier bestimmt anders."

„Hellamabo."

„Hellamabo, was heißt das?" fragte Celina.

„Das heißt, Delphine kommt bitte hier her."

„Hellamabo, das muss ich mir merken", sagte Celina. „Hellamabo, Delphine kommt bitte hier her!" Es dauerte keine Minute, da kamen drei Delphine angeschwommen, und sie freuten sich und tanzten auf dem Wasser.

„Die sehen ja so aus wie die Delphine bei uns", meinte Jonathan, „genauso, die könnten von unserer Erde kommen."

„Das liegt daran", sagte Jensen, „das hat uns Pan mal gesagt, dass die Delphine nicht von der Erde kommen, also nicht von eurer Erde und nicht von unserer, sondern sie kommen aus einem anderen Sonnensystem, ich glaube Sirius war es", meinte Jensen.

„Ja, das habe ich auch schon mal gehört", sagte Jonathan. „Und dass man mit Delphinen telepathisch reden kann."

„ Ja, nicht nur telepathisch, sondern sie können hier sogar eure Sprache."

„Sie können unsere Sprache?"

„ Ja, du wirst sehen."

Der erste Delphin kam. „Das ist Jamé."

„Hallo Jamé."

„Hallo Jonathan", sagteJamé.

„Wie schreibt man deinen Namen?" fragte Jonathan.

„J a m e" und ein Strich darauf".

„Ah, interessant, und wieso, ja wieso lebt ihr hier auf dieser Erde und nicht auf unserer? Auf eurer Erde leben schon genug Delphine und Wale. Da ist es uns viel zu grausam", sagte Jamé.

„Ja, das kann ich verstehen", sagte Jonathan, „das verstehe ich voll und ganz. Dürfen wir mit dir schwimmen?"

„Wenn ihr möchtet."

„Oh ja", sagte Celina.

„Kannst dich an meiner Schwanzflosse festhalten, dann ziehe ich dich ganz sanft durchs Wasser, du brauchst keine Angst zu haben, du kannst nicht ertrinken und ich bin auch ganz sanft, ich passe mich deinen Schwingungen an. Wenn es für dich zu schnell ist, werde ich langsamer."

„Oh, ein Traum geht in Erfüllung", sagte Celina, „einmal mit Delphinen schwimmen."

„Das ist bei uns ganz normal", sagte Jensen, „das gehört zum Teil zur Freizeitgestaltung, dass wir mit Delphinen kommunizieren."

„Gibt`s bei euch auch Wale?"

„Ja, die gibt es, aber keine riesengroßen wie auf eurer Erde", sagte Hallo. „Pan hat uns schon aufgeklärt. Bei uns gibt es nur kleine Zwergwale. Die sind etwas größer als Delphine."

„Ah, verstehe. Ihr könnt doch mit allen Tieren kommunizieren, oder?"

„Ja, mit allen."

„Und keine Tiere töten sich gegenseitig, oder?"

„Nein", sagte Hallo. „Nein, keine Tiere töten sich."

Celina war erleichtert. „Ach, ist das schön, das ist ja wie im Paradies hier, kein Tier wird getötet!"

„Nein, jeder Mensch und jedes Tier, jede Pflanze und jeder Baum, alle achten das Leben, und alle wissen, dass der VATER, der ewige VATER, allen Tieren, allen Pflanzen, allen das Leben geschenkt hat und jeder soll das Leben so achten, wie es ist."

„Hach, ist das schön", sagte Celina wieder. „Jetzt lass ich mich aber von Jamé ziehen."

Jamé kam ganz langsam angeschwommen, und Celina erfasste ihn ganz vorsichtig, jedenfalls meinte sie es, an der Schwanzflosse, aber sie berührte sie gar nicht, sie war nur in der Aura. Langsam schwamm Jamé los und Celina hielt sich fest. „Ach, ist das schön, wunderbar!" hörte er telepathisch ihre Stimme.

Jonathan schaute hinterher. „Ich habe jetzt irgendwie keine Lust, mit Delphinen zu schwimmen, ist das schlimm?"

„Natürlich nicht." Jensen nickte.

„Was ist denn das?" fragte Jonathan und schaute auf einmal auf einen großen Wasserfall, der in etwa 150 m Entfernung war.

„Das ist ein Wasserfall", sagte Jensen.

„Ja, das sehe ich, können wir da hingehen?"

„Selbstverständlich. Willst du hin schwimmen oder sollen wir sofort hin?"

„Nein, schwimmen möchte ich eigentlich nicht. Was heißt sofort hin?"

„Mit Gedankenkraft", sagte Jensen. „Stell es dir vor, und du bist da."

„Wirklich?"

„Ja."

Jonathan gab Celina noch schnell einen telepathischen Hinweis, dass er da vorne beim Wasserfall war und sie antwortete: „Ja, ist gut, wir kommen nach."

Und dann dachte er an den Wasserfall.

Klick – und sie waren da.

„Ist das schön", sagte Jonathan, „so zu reisen, herrlich!"

„Reist ihr anders?" fragte Hallo.

„Du hast doch die Autos gesehen", sagte Jonathan zu Hallo, die die Frage gestellt hatte.

„Ja und?"

„Und Flugzeuge am Himmel, damit reisen wir."

„Wie primitiv, wenn ich das sagen darf", sagte Petzl.

„Das Wort darfst du ruhig sagen, das ist passend. Aber es gibt gewisse Mächte auf unserer Erde, die nicht wollen, dass wir alles frei haben."

„Das wird sich bald ändern", kam auf einmal die Stimme von Pan.

„Oh, du bist ja wieder da, Pan, wunderbar", sagte Jonathan.

„Ja, ich habe doch gesagt, ich komme am Abend wieder."

„Haben wir schon Abend?"

„Ja, aber es wird hier gar nicht dunkel…"

„Nein, dunkel wird es jetzt noch nicht, aber bald, aber wir möchten ja noch einiges sehen."

„Ja, aber beim letzten Mal haben wir doch gar nicht gemerkt, wie der Unterschied war zwischen Abend, Tag und Dunkelheit."

Pan antwortete: „Weil wir bewusst den Schalter umgelegt haben."

„Den Schalter umgelegt?" fragte Jonathan.

„Das ist so eine Redewendung hier auf dieser Welt. Das bedeutet, man kann die Nachtzeit ausschalten."

„Ach so."

„Man legt symbolisch einen Schalter um, und es ist taghell, auch die ganze Nacht über."

„Interessant", sagte Jonathan, „sehr interessant. Warum denn, ich dachte, man schläft nachts?"

„Es geht darum, wenn man bestimmte Aufgaben zu erfüllen hat, dann geht es, aber normalerweise hast du schon Recht, nachts ruht man", meinte Pan und schmunzelte, denn er hatte jetzt seit längerer Zeit mal wieder so viel zu reden, wie schon lange nicht mehr.

„Jonathan", sagte Jensen, „dreh dich bitte einmal um."

Jonathan drehte sich um und zuckte im ersten Moment zusammen. Vor ihm stand ein ausgewachsener Bär. Es war aber kein Grizzly, sondern ein Braunbär.

„Du brauchst keine Angst zu haben", sagte Jensen, „er tut dir nichts. Er heißt Puda."

„Puda! Grüß dich Puda", sagte Jonathan und wollte ihm schon die Hand hinstrecken, aber er zuckte wieder zurück. Bärentatzen taten doch bestimmt weh.

„Er tut dir nichts", sagte Jensen, „Puda ist ein lieber Bär. Hier kann dir keiner was tun."

„Hallo Puda, grüß dich", sagte Jonathan noch einmal.

„Grüß dich auch", sagte der Bär.

„Ich habe ihn ja richtig laut sprechen hören", meine Jonathan, „nicht nur telepathisch."

„Ja, er bemüht sich ja auch. Puda?"

„Ja, Jensen"

„Kannst du ihm mal zeigen, was du alles kannst?"

Der Bär nickte. „Kein Problem." Und Puda ging auf alle Viere, und danach stellte er sich auf die Vorderpfoten und machte einen Handstand.

„Einen Handstand, ein Bär, der einen Handstand macht, ist das nicht eine Quälerei für dich?"

„Iwo", sagte der Bär, „das macht doch Spaß. Nur ein paar Minuten geht das, dann muss ich wieder zurück." Und dann setzte er sich wieder auf seinen Popo und lächelte.

„Ja, wenn das unsere Bären könnten…"

„Theoretisch können sie es, wenn sie wüssten, wie es geht."

„Aha", sagte Jonathan, „interessant. Wir verlassen dich jetzt, Puda, tschüss".

„Tschüss", sagte der Bär zu den beiden Männern.

„Wieso spricht dieser Bär unsere Sprache?"

„Er hat es gelernt", sagte Jensen, „so wie wir."

„Wie lange dauert das?" fragte Jonathan.

„Mit dem Simultanübersetzer, dem Translator, den du ja schon kennen gelernt hast, dauert es etwa 1 Tag eurer Zeit."

„Aber das ist nicht lange."

„Na ja, für uns schon. Wir sind es eigentlich gewohnt, dass alles sofort klappt, und da ist ein Tag warten schon lang."

„Ah, verstehe. Ist unsere Sprache so kompliziert?" fragte Jonathan.

„Das nicht, aber wir wollten sie ja möglichst perfekt sprechen, und dann klingt es anders als wenn sie gebrochen gesprochen wird."

„Das hast du jetzt lustig gesagt", sagte Jonathan, „gebrochen gesprochen."

„Ja, in eurer Sprache ist es manchmal schwierig, etwas auszudrücken", sagte Hallo und lächelte.

„Kommen wir doch jetzt zu den Heilsteinen, aber ich warte erst, bis Celina zurück ist…"

„Gut, warten wir noch, bis Celina wieder kommt."

Einige Minuten später kam Jamé mit Celina angeschwommen. „Ach, es war herrlich, danke Jamé."

„Gern geschehen, tschüss."

„Ja, tschüss", sagte Celina und drückte Jamé einen Bussi, einen Kuss, auf die Stirn.

„Ja, muss ich jetzt eifersüchtig werden oder was?" fragte Jonathan und grinste.

„Ach, Iwo", sagte Celina. „Ich wollte mich nur verabschieden, auf meine Art."

Jamé nickte und machte: „i, i, i" in der Delphinsprache.

„Das war jetzt die Delphinsprache der Erde oder?" fragte Jonathan.

„So ist es", sagte Jamé. „Ich wollte mich auf eure Weise bedanken", und dann tauchte er unter.

„Ach, das war doch herrlich, ja wunderbar", sagte Celina, „ich bin ganz begeistert."

„Weißt du, Celina, sie wollen uns die Heilsteine zeigen. Hier gibt es Steine, die es vielleicht auf unserer Erde nicht gibt, oder?"

„So ist es", sagte Pan. „Es gibt hier Steine, die es bei euch nicht gibt, aber das ist eigentlich ein Thema für den nächsten Tag."

„Ah schade, müssen wir jetzt schlafen?"

„Ja. Man ruht hier 2, maximal 3 Stunden."

„Na ja, das geht ja noch. Und wo sollen wir ruhen?"

Ja, ihr bekommt so ein Bett gezeigt oder bzw. überlassen", sagte Pan, „wie ihr es schon kennen gelernt habt."

Und sie wendeten sich wieder um und gingen zum Dorf Balaban. Innerhalb von 5 Minuten waren Celina und Jonathan tief und fest eingeschlafen, so wohlig und gemütlich hatten sie sich schon an das Dorf gewöhnt

10. Kapitel – Die Heilsteine

Nachdem Celina und Jonathan erfrischt wach geworden waren und sich kurz am Bach gewaschen hatten, das Wasser erfrischte sie so stark wie eine Dusche, waren sie bereit, sich die Heilsteine anzusehen.

Pan erwartete sie schon. „Gott zum Gruß", sagte er, „da seid ihr ja wieder, wie habt ihr geruht?"

„Oh, wunderbar", sagte Jonathan, „so gut habe ich in meinem ganzen Leben noch nicht geschlafen. Ich habe geschlafen wie auf einer Wolke."

„Ja, wie auf Wolke 7", sagte Celina, „wie auf Wolke 7, dabei bin ich doch gar nicht verliebt."

„Nicht?" fragte Jonathan,

„Na ja dauerverliebt in dich sozusagen", sagte sie.

„Ah ja, das wollte ich doch hören", sagte er und grinste.

„Ich bringe euch jetzt dorthin, wo es die besonderen Steine gibt, und diese Steine haben hier ganz wichtige Aufgaben. Die Steine sind dafür da, dass Frieden herrscht, dass Harmonie herrscht, sie bringen Energie, sie bringen die freie Energie und sie bringen viele andere Dinge", sagte Pan.

„Ah, schade, dass wir nicht einen mitnehmen können."

„Das geht leider nicht", sagte Pan. „Aber eines Tages, und das ist nicht mehr weit, und ihr werdet wissen, was ich meine, wenn es so weit ist, werdet ihr auch Kontakt zu diesen Steinen bekommen. Denn es gibt einige von ihnen, auch bei euch auf der Erde, aber sie sind noch versteckt in einer fremden Frequenz, das ist ähnlich wie mit manchen Pyramiden auf eurer Erde, sie haben auch Räume, die in anderen Frequenzen sind und die ihr deshalb nicht betreten könnt."

„Ah, verstehe", sagte Jonathan, „sehr interessant."

„Und warum werden sie dann erst sichtbar, wenn wir uns verändert haben?" fragte Celina.

„Dummchen, Entschuldigung, es war nicht so gemeint", sagte Jonathan. „Das hat er doch gerade gesagt, der Pan. Wir müssen uns das erst verdienen, ist doch richtig oder Pan?"

„So ist es."

„Du Pan, eine ganz bescheidene Frage. Auf unserer Erde gibt es ein Land, das heißt Japan, und wenn ich es anders ausspreche, Ja-pan, dann wird doch immer dein Name genannt, also „Ja" und dann „pan"."

Pan musste schmunzeln. „So ist es. Dort habe ich schon viel gewirkt, aber auf dieses Thema möchte ich jetzt nicht eingehen. Das ist vielleicht ein anderes Mal ein Thema. Wir haben nicht mehr so viel Zeit, ihr müsst bald wieder zurück."

„Ist schon Sonntagabend?"

„Nein, das natürlich noch nicht, aber wir möchten ja noch einiges erledigen und wir möchten euch einiges zeigen."

„Wir?" fragte Jonathan, „Du zeigst uns doch alles."

„Ja, aber die Naturwesen kommen auch gleich wieder und eure neuen Freunde auch."

„Ach so ist das gemeint, gut."

Plötzlich kam ein Zwerg angelaufen, und dann fing er an, Rad und Purzelbäume zu schlagen.

„Wow, das sieht aber cool aus", sagte Jonathan.

„Er hat den Boden gar nicht berührt", sagte auf einmal eine Stimme hinter ihm. Jonathan drehte sich um und dort stand Sandelholzer, der 5., der Zwerg. Hubertus, seines Zeichens auch ein Zwerg, hatte diese wundervollen Übungen gemacht.

„Ihr braucht es nur denken, dann könnt ihr es auch. Also Handstand oder Rad schlagen oder Purzelbäume oder auch fliegen", sagte Rosaria und kam gerade angeflogen. „Fliegen können wir hier auch, rein theoretisch ja. Ihr müsst euch das nur vorstellen und davon ausgehen, dass ihr es könnt, dann braucht ihr nicht mal Flügel zum Fliegen."

„Und wenn wir uns Flügel vorstellen?" fragte Celina, „können wir dann damit fliegen?"

„Probiert es einfach aus. In eurer Welt geht das noch nicht, aber hier ist es möglich."

Celina schaute die ganze Zeit auf Rosaria und stellte sich vor, dass sie die schönsten durchfluteten Flügel hätte, und auf einmal waren feinstoffliche Flügel ganz dezent zu sehen.

„Du hast ja Flügel bekommen", sagte Jonathan.

„Beweg sie einmal", meinte Pan.

Und Celina bewegte die Flügel auf und ab.

„Schneller, schneller, schneller, schneller, schneller!" feuerte sie Jonathan die ganze Zeit an.

„Ist ja gut", sagte Celina, „ich mach ja schon", und dann legte sie den Turbo ein, und sie bewegte die Flügel fast so schnell wie Rosaria es tat.

„Jetzt heb ab", sagte Rosaria, und Celina erhob sich.

„Es klappt – juhuh, ich kann fliegen!" und sie machte gleich eine Vorwärtsrolle, „ich kann fliegen, ja wunderbar!" rief Celina vor Freude!

„Möchtest du es auch können, Jonathan?" fragte auf einmal Jensen, der hinter ihm stand.

„Nee, eigentlich nicht. Ich habe mir eher gedacht, für mich wäre es sinnvoller, wenn ich diese Technik beherrsche, wie ich von einem Ort zum anderen komme."

„Typisch Mann", sagte Celina aus der Luft, „immer für das Fortschrittliche, für die Technik da, nutz doch mal die schönen

Dinge des Lebens. Ich kann fliegen, juhu!" sagte sie und flog immer wieder im Kreis.

„Komm wieder runter auf die Erde, du musst doch geerdet sein."

„Ich bin geerdet", sagte Celina, „ich beweis es dir und schwupp war sie wieder auf der Erde."

Jonathan schaute sie an. „Bleiben die Flügel jetzt?"

„Nur so lange, wie Celina an sie denkt", sagte Pan.

„Flügel weg", sagte Celina, und schon waren sie wieder weg. „Oh, klappt gut, Flügel dran" und sie waren wieder da. „Ha, jetzt kann ich es", sagte Celina, „wunderbar!"

Jonathan stellte sich vor sie hin, er war fast einen Kopf größer als sie. „Mein Schatz, übertreib es bitte nicht, wir wollen jetzt Heilsteine angucken."

„Ja, ist schon gut", sagte Celina voller Freude, „ist schon gut."

Jonathan grinste. Er kannte seine Freundin.

Pan schaute beide an. „Jetzt habt ihr etwas erlebt, was man euch normalerweise in eurer Welt fast nicht abnehmen würde, aber es ist so, wenn die Schwingung höher ist und die Denkweise anders ist, dann sind viele Dinge möglich, die man in eurer Welt nicht macht."

„Kann das sein", fragte Jonathan, „dass wir so eine Art Gefangenenmatrix haben?"

„Na ja, ich würde nicht sagen gefangen", sagte Pan, „aber doch aufgezwungen oder vorgegaukelt. Das ist eher der bessere Ausdruck. Eure Matrix, also eure Realität, die ihr scheinbar habt, wurde euch vorgegaukelt und ihr seid oder die meisten Menschen zumindest, seid nichts anderes als Puppen, die der Puppenspieler führt."

„Hab ich es mir doch gedacht", sagte Celina. „Ich habe mal so eine CD gesehen, da war das drauf und da habe ich direkt gedacht, das sind Marionetten."

„So ist es", sagte Pan, „bei vielen Menschen, - aber es werden immer mehr Menschen wach, die symbolisch ihre Fäden abschneiden und dann auf einmal wissen, dass sie Möglichkeiten haben, sich zu wehren und vor allen Dingen positiv zu denken und Gutes zu tun."

„Dann werden wir irgendwann so sein wie ihr hier", sagte Jonathan ergänzend.

„Genau. Und jetzt geht es zu den Heilsteinen, wir konzentrieren uns darauf. Nehmt euch an den Händen", meinte Pan.

Alle fassten sich an den Händen. Es surrte und sie landeten an einem Platz, der fantastisch war.

„Hier sieht es ja aus wie in Island, nur viel wärmer und kein Eis", sagte Jonathan.

„Ja, der Vergleich ist nicht schlecht", sagte Pan. Überall auf einem Feld von einigen Quadratkilometern Größe lagen die unterschiedlichsten Heilsteine und sie glitzerten und funkelten in der Sonne.

„Darf man sie anfassen?" fragte Celina.

„Berühren ja", sagte Pan, „aber nicht hochheben bzw. nicht mitnehmen, sie möchten so liegen bleiben."

Jonathan ging auf einen großen schwarzen Turmalin zu. Er hatte mindestens 5 m oder 6 m im Durchmesser. „Den würde ich auch gar nicht verlupfen können", sagte er und grinste.

„Doch, würdest du schon können", sagte Pan, „es gibt hier keine Schwere."

„Ist hier alles schwerelos?"

„So ist es."

„Ah, interessant. Kann es sein, dass so auch die Pyramiden gebaut wurden, durch Aufhebung der Schwerkraft?" hakte Jonathan nach.

Pan lächelte. „Es ist zwar hier kein Thema dafür, aber du hast Recht. So ist es. Aber wir werden uns jetzt wieder den Heilsteinen zuwenden", sagte Pan. „Ihr könnt nämlich mit euren Heilsteinen sprechen, auch auf eurer Erde."

„Das weiß ich doch", sagte Celina, „das weiß ich doch. Das mache ich doch immer. Außerdem haben wir doch in unseren Wasserkaraffen und überall Heilsteine liegen. Darf ich mit dem schwarzen Turmalin sprechen? Den lieb ich, den schwarzen Turmalin."

„Natürlich darfst du."

„Weißt du, mein Freund Johannes", sagte Jonathan zu Pan, „der hat Kontakt zu diesem Harald. Harald ist der größte schwarze Turmalin auf der Erde."

„Ich weiß", sagte Pan, „ich kenne Harald. Er heißt eigentlich nicht Harald, aber Johannes hat ihn so genannt."

„Ich weiß und er hat den Namen akzeptiert."

„Sag mal, gibt es hier auch so große Steine?" fragte Celina.

„Oh, es gibt hier noch viel größere als bei euch auf der Erde. Das liegt einfach daran, dass die Steine mit dem Bewusstsein auch wachsen."

„Ach, die können noch wachsen?" fragte Celina.

„Ja, natürlich können sie wachsen. Das ist doch ganz normal", sagte Pan auf die Frage von Celina.

Rosaria kam angeflogen. „Pan, Pan, darf ich den beiden was zeigen?"

Pan nickte.

Rosaria flog zu ihnen hin und sagte: „Schaut mich einmal an, ich bin jetzt ein Bernstein" und die Elfe verwandelte sich innerhalb eines Bruchteils einer Sekunde in die Schwingung eines Bernsteines.

„Du bist doch noch eine Elfe", sagte Celina.

„Nein, ich habe jetzt die Schwingung eines Bernsteins, pass mal auf, halt mal deine Hand über mich", und Rosaria flog ganz nah an Celina heran und hielt die Hand darüber.

„Ah, du schwingst ja wie ein Bernstein, interessant."

„Ja, sag ich doch."

Jonathan hatte sich immer noch ganz vertieft mit dem schwarzen Turmalin. „Wie heißt du denn, großer schwarzer Turmalin?"

„Ich habe keinen Namen in eurer Sprache."

„Darf ich dir einen geben?" fragte Jonathan.

„Wenn`s sein muss."

„Na ja, wenn du es nicht willst, lassen wir das. Dann nenne ich dich einfach großer schwarzer Turmalin, ist das gut?"

„Ja, das ist gut."

„Hier, auf dieser Erde gibt es viel mehr Heilsteine als bei euch", sagte Pan.

„Ja, und wie ist das mit den ganzen Eigenschaften. Du hast mal gesagt, es gibt Steine, die ersetzen Computer bzw. die machen Energie oder wie man das nennt."

„So ist es, die Bergkristalle übernehmen das."

„War das zu Atlantiszeiten auch schon so?" fragte Jonathan.

„Genau, zu Atlantiszeiten gab es genau geschliffene, in einer speziellen Technik geschliffene Bergkristalle", sagte Pan „und damit konnte man Energie übertragen bzw. Energie aufbauen."

„Gab es freie Energie zur Zeit von Atlantis?"

„Selbstverständlich", sagte Pan. „Nur in eurer Zeit wird sie unterdrückt. Aber es wird auch nicht mehr ewig dauern, dann werdet ihr auch freie Energie bei euch auf der Erde haben."

„Pan?"

„Ja, Celina", sagte er.

„Pan, ist es möglich, ja ich weiß ja nicht, wir haben jetzt erst ein paar von den Bewohnern hier kennen gelernt, ein paar Tiere, ein paar Menschen und ein paar der Naturwesen, aber es wird doch noch andere Lebewesen hier geben, oder?"

„Ja, natürlich", sagte Pan. „Es gibt hier sehr, sehr viele Lebewesen, aber wir haben bewusst nur einige ausgewählt, weil die Zeit zu knapp ist."

„Ich habe noch eine ganz bescheidene Frage", meinte Jonathan und schaute Jensen an, der auch gerade gekommen war. „Jensen, ihr habt doch bestimmt ganz viele Pflanzen im Garten, die dort wachsen, oder?"

„Ja, die unter uns, die gerne Gartenarbeit machen, haben Pflanzen und die, die keine machen wollen, haben keine."

„Jeder macht das, wozu er Lust hat, was ihm Freude macht. Wer gerne Bilder malt, der malt Bilder, und wer gerne mit Holz arbeitet, macht es auch."

„Ha, da habe ich euch ja erwischt", sagte Jonathan und grinste, „mit Holz arbeiten, das würde doch heißen, es müssen Bäume gefällt werden, oder?"

„Natürlich nicht", sagte Pan, „das ist natürlich nicht der Fall. Es gibt zwei Möglichkeiten, an Holz zu kommen. Zum einen, wenn ein Baum einen Ast abwirft oder verliert oder ihn nicht mehr möchte, dann kann man ihn verwenden oder man manifestiert es aus dem Nichts."

„Hach ja, ist das schön hier, man braucht nichts kaputtmachen, alles so, wie man es möchte, ist das schön", sagte Celina.

„Ja, es ist wirklich schön", sagte Hallo, die auch gerade gekommen war, „wirklich, wirklich schön. Und wenn ich jetzt eure Erde mit unserer hier vergleiche, das sind ja himmelweite Unterschiede."

„Könntest du dir vorstellen", fragte Celina und schaute dabei Hallo an, „als Frau auf unserer Erde zu leben?"

„Nein", sagte sie, „gar nicht."

„Ja und wenn GOTTVATER möchte, dass du bei uns mal lebst?"

„Dann würde ich es natürlich tun, weil der Wunsch von unserem Schöpfervater ist mir immer das Höchste."

„So sehen wir das auch, was der VATER möchte, das ist das aller, aller Wichtigste!" sagte Jonathan.

„Kann es jetzt noch sein", fragte Celina, „dass wir jetzt bald alles gesehen haben und wir nach Hause müssen?"

„Kannst du jetzt hellsehen?" fragte Jonathan und grinste.

„Warum, willst du denn jetzt schon wieder heim?"

„Ich möchte nicht, ich habe nur das Gefühl", sagte sie, „weil wir jetzt die Heilsteine gesehen haben und was sollen wir noch sehen?"

„Es kommt noch etwas Wichtiges", sagte Pan. „Lasst euch überraschen."

„Liebe Heilsteine, liebe Hüter der Steine" – und auf einmal erschienen wie aus dem Nichts ganz viele lichte Gestalten, die auf die Steine aufpassten. „Schaut, das sind die Hüter der Steine."

„Bei uns gibt es auch so Wesen, nicht wahr?" fragte Jonathan.

„Ja, die gibt es, aber lass mich bitte ausreden", sagte Pan. „Diese Hüterwesen oder Hütersteinwesen passen auf, dass alles gut geht und dass die Schwingung rein bleibt, denn theoretisch könnte von außen ein Angriff kommen, der die Schwingung gefährdet."

„Ist das möglich in der hohen Schwingung?" fragte Jonathan.

„Ja, die Möglichkeit besteht, aber dafür haben wir Schutzwälle, einen Schutzwall, so wie ihr im Internet bei eurem Computer auch eine Art Firewall, einen Schutzwall, habt."

„Ah, verstehe", sagte Jonathan. „Gibt es denn auch böse Außerirdische, die euch angreifen wollen?"

„Na ja, sagen wir, es gibt Foppwesen, die diese Welt hier angreifen wollen, aber sie kommen durch die Firewall nicht hindurch."

„Sehr interessant."

Da kam jemand angelaufen. Es war Peter, der Wurzelsepp.

„Hi, hi, hi, ich hab was für euch, schaut mal", und jedem hielt er eine riesengroße Kirsche hin. Sie war etwa 5 – 6 mal so groß wie eine normale Kirsche. „Der Kern ist schon rausgezaubert, esst sie bitte."

Pan nickte.

Jonathan und Celina bedankten sich und steckten sich die Kirsche in den Mund, nachdem sie sie gesegnet hatten.

„Oh, ist die süß", sagte Jonathan, „Wow! Und innen drin? Mir kommt es vor, als wenn ich eine ganze Packung Kirschen essen würde."

„Mir auch, mir auch", sagte Celina mit vollem Mund. „Ah, ist das lecker. Was haben wir denn jetzt bekommen?"

„Ach, unsere Kirschen haben alle Vitamine, die es gibt, alle Vitamine der A-Stoffe, B,C, D, E usw., alles drin", sagte Peter, der Wurzelsepp.

„Das ist ja interessant. Jetzt haben wir alle Stoffe, die wir brauchen?" fragte Celina.

„Ja. Und kann es sein, wenn wir hier jetzt länger bleiben würden, dass wir dann mehr, mir fehlen die Worte", sagte Jonathan, „dass wir dann mehr geschützt sind oder immuner sind als woanders?"

„Ja, wenn ihr länger hier wärt, dann würde sich euer Körper an diese Schwingung hier gewöhnen", sagte Hubertus, der Zwerg, der auch gekommen war „und dann ist es natürlich so, dass ihr Probleme hättet auf eurer Erde, deswegen solltet ihr auch nur die zwei Tage bleiben."

„Schade, schade, schade. Gut, aber wir dürfen ja jetzt noch etwas Besonderes sehen."

„So ist es", sagte Pan wieder. „Ich führe euch hin, nehmt euch wieder an die Hände.

Sie hörten auf ihn und zisch... machte es. Innerhalb weniger Sekunden waren sie an einem Ort, der ihnen vorkam, als wären sie mitten in einem Film und zwar im Herbst in den USA. Es sah aus wie im Indian Summer, wie man so schön in Englisch sagt, der Indianersommer oder der Altweibersommer, wie es in Deutsch heißt. Alles war hier am Blühen.

„Hier ist ständig Altweibersommer, wie ihr sagt", meinte Pan. „Der Ausdruck ist zwar nicht so gelungen, aber ihr wisst, was gemeint ist."

„Ach, du kannst ruhig Indian Summer sagen", sagte Jonathan, „den Ausdruck kennen wir auch."

„Gut, dann werde ich Indian Summer sagen, weil dieser Ausdruck „Indianersommer" passt eher und ist zutreffender. Hier ist das ganze Jahr über dieses Klima, diese Schwingung."

„Aber es ist doch warm", sagte Jonathan.

„Ja, und hier können die Bewohner der Erde Urlaub machen, wenn sie möchten. Es gibt noch einen ganz kleinen Teil, wo Winter ist, aber nur einen kleinen Teil, aber die wenigsten von den Bewohnern hier möchten den Winter erleben, denn dann ist es kalt und das mögen sie nicht. Sie haben das ganze Jahr über relativ gleichbleibende Temperaturen mit geringen Unterschieden."

„Ja, aber", fragte Celina, „aber", sagte sie wieder, „was ist denn, wenn jemand es leid ist so zu leben, wenn er wirklich wieder so arbeiten oder leben möchte wie auf der Erde bei uns?"

„Das kennt ja niemand außer den 6 Leuten, die Freunde von euch, die mitgekommen sind. Niemand kennt eure Erde. Also wird niemand auch diese Schwingung vermissen."

„Verstehe", sagte Jonathan und auch Celina nickte. „Das war eindeutig, wir haben verstanden."

„Und dieses hier ist schön, schau mal Jonathan, da vorne sind Eichhörnchen", sagte Celina.

Jonathan grinste. „In Bayern heißen sie „Oachkatzel". Sind richtig süß! In der Tat."

Die beiden Eichhörnchen waren stehen geblieben. Sie schauten in die Richtung, aus der Celina und Jonathan gesprochen hatte. Pan nickte einmal, und die Eichhörnchen kamen zu ihnen gelaufen.

„Ah, sie kommen zu uns", sagte Celina.

„Halt mal deine Hände auf, wenn du magst", sagte Pan.

Celina ging zum Boden herunter und hielt die Hände auf. Schwupps waren die beiden Eichhörnchen bei ihr auf den Händen. „Ah wie süß, die kann man ja streicheln, die kleinen Süßen."

Jonathan räusperte sich. „Sind wir jetzt hier im Streichelzoo oder geht es jetzt weiter?" fragte er ganz sanft.

„Lass sie ruhig", sagte Pan, „sie mag das."

„Möchtest du auch mal streicheln?" fragte Celina.

Jonathan zuckte erst und sagte: „Gut." Dann streichelte er auch ganz vorsichtig die kleinen Eichhörnchen. „Die fühlen sich ja an, als wenn man eine Katze streichelt", sagte Jonathan, „gar nicht so zerbrechlich."

„Sind wir auch nicht", sagte eines der Eichhörnchen. „Wir sind viel robuster als bei euch auf der Erde."

„Ah ja", sagte Jonathan und grinste.

„Aber du kannst mich ruhig weiter streicheln, ich mag das."

„Ganz schön kess, die Kleine." Sagte Jonathan.

„Der Kleine, wenn schon denn schon, ich bin männlich", sagte er und lächelte.

„Er ist männlich, wie süß, dann haben wir ein Pärchen hier", sagte Celina. „Können sie sich auch vermehren?"

„Natürlich können sie sich auch vermehren", sagte Pan, „aber sie vermehren sich nur so, wie es im großen Plan vom VATER geschrieben ist. Der große Plan vom VATER existiert hier auch. Ja, aber es ist ein anderer Plan als bei euch auf der Erde. Hier ist ja die Umwandlung schon lange geschehen."

„Ah, danke Pan für den Tipp, verstehe", sagte Jonathan.

Peter, der Wurzelsepp, schaute auf einmal sehr grinsend in die Richtung von Jonathan. „Da kommt Besuch für dich, hi, hi, hi."

Jonathan kniff die Augen zusammen, weil es so blendete und sah, wie ein riesengroßes Tier auf ihn zugelaufen kam. „Ist das eine Giraffe?" fragte Jonathan.

Pan schüttelte den Kopf. „Nein, dieses Wesen kennt ihr nicht bei euch auf der Erde."

„Ja, es ist noch viel größer als eine Giraffe", sagte Jonathan, als er sah, wie es immer näher kam.

„Es ist eine Mischung zwischen einem landlebenden Säugetier und einem letzten Überbleibsel der Saurier", sagte Pan.

„Eine Mischung aus einem Saurier und einem Säugetier, gibt es das?"

„Das gibt es, und es ist auf Wunsch und in Liebe geschehen, keine Genmanipulation", sagte Pan. Das Tier war 8,50 m groß, hatte im Prinzip eine gewisse Ähnlichkeit mit einem Saurier, aber auch mit einer Giraffe. Es war sehr friedlich und fraß nur Blätter.

„Ah, es ist ganz friedlich", sagte Jonathan.

„So ist es", sagte Pan. „Schau mal, es kann auch mit dir sprechen."

„Was bist du denn für eine Rasse?" fragte Jonathan.

„Wir haben keinen Namen, ich bin einzigartig."

„Und wie heißt du?" fragte Jonathan.

„Ich bin Limbi."

„Aha, bist du der Limbi oder die Limbi oder das Limbi?" fragte Jonathan.

„Nur Limbi, ich bin neutral, ich bin einzigartig."

„Aha, und deine Mama und dein Papa leben nicht mehr?"

„Nein, aber alle mögen mich hier."

„Ja, du bist ja auch ein Riese", sagte Jonathan.

„Na ja, ich bin ziemlich groß, aber ich tue niemanden etwas und ich trampele auch auf niemanden rum."

„Ja, aber bei euch gibt es doch bestimmt auch Käfer oder Kleinstlebewesen, und wenn du 'rumläufst, dass du darauf rumtrampelst?"

„Nein, wir laufen doch nicht auf der Erde, wir schweben doch, das weißt du."

„Aber was du gerade da angestellt hast, das hat sich ziemlich heftig angehört", sagte Jonathan.

„Das war nur für eure Ohren bestimmt, sonst wärt ihr hier durcheinander gekommen, wenn ich hier angeschwebt wäre."

„Ja, ihr denkt ja wirklich an alles", sagte Jonathan und grinste.

Pan nickte. „In der Tat, es war alles für euren Besuch vorbereitet."

„Danke Limbi", sagte Jonathan.

„Gern geschehen." Und schon setzte sich Limbi wieder in Bewegung und lief von dannen.

„Es ist einfach faszinierend, was es hier alles gibt."

„Ja, so ist es, wirklich faszinierend! Jetzt dürft ihr euch von dieser Welt verabschieden, von euren neuen Freunden, und wir werden noch einmal in unsere Welt der Naturwesen, hineingehen."

„ Ah, bevor wir nach Hause kommen?" fragte Celina.

„Ja, wir möchten euch noch etwas beibringen, das ganz wichtig ist."

„Sollen wir die Schulbank heute drücken?"

„Na ja, Schulbank drücken wäre etwas übertrieben", sagte Pan, „aber ihr kriegt noch eine Kurzeinweisung, bevor ihr wieder auf eure Erde zurückgeht."

„Ah, verstehe", sagte Jonathan.

„Es wird auf einmal so warm", sagte Celina.

„Das liegt daran, dass wir die Schwingung gerade erhöhen", sagte Pan.

„Kann ich einen Schluck Wasser bekommen?"

„Stell es dir vor", sagte Pan.

Celina stellte es sich vor und hatte ein Glas mit Wasser in der Hand und innen drin war alles voll Sauerstoffperlen. „Es prickelt, es schmeckt wunderbar", sagte sie, nachdem sie einen Schluck getrunken hatte.

„Ich möchte auch eines", sagte Jonathan und stellte sich eins vor. „Wie geht es jetzt denn weiter?" fragte Jonathan, „wir sind heute nervig oder?"

„Nein", sagte Pan und lächelte, „ihr seid doch nicht nervig, das ist doch nett, wir freuen uns doch, dass ihr Fragen stellt."

„Ja, aber ich meinte, wie geht es mit unserer Erde weiter?"

„Darüber sprechen wir in meiner Welt, in der Welt der Naturwesen. Nehmt euch wieder an den Händen."

„Ah nein, wir müssen uns doch noch von unseren Freunden verabschieden..."

„Die begleiten uns heute auch in meine Welt", sagte Pan.

„Gut!" Alle fassten sich an den Händen und zisch... waren sie verschwunden.

11. Kapitel – Zurück im Reich des Pan

Es dauerte nur wenige Sekunden, und sie befanden sich wieder im Reich der Naturwesen, im Reich des Pan.

„Das ist dein Reich, gell?" fragte Celina und schaute auf Pan.

Der nickte. „Ja, ihr seid wieder im Reich der Naturwesen."

Während sie sich umdrehten, schwirrte es. Überall waren libellenartige Wesen am Himmel.

„Das sind bestimmt kleine Elfen, oder?" fragte Celina.

Pan nickte. Überall flogen Elfen herum. Dann sahen sie eine majestätisch große Gestalt. Sie war fast 2 m groß und hatte ganz große Flügel.

„Ist das eine Deva oder eine Fee?" fragte Celina Pan.

„Es ist eine große Fee, und ihr kennt sie vom Hörensagen."

„Etwa Fee Linde?" fragte Celina.

„Ja, sie ist es, Fee Linde. Sie ist extra für euch gekommen, damit ihr sie sehen könnt."

„Grüß dich, Fee Linde", sagte Celina, die jetzt voll in ihrem Element war, denn sie liebte Feen so sehr.

Jonathan war überrascht und er war beeindruckt, so ein großes Wesen. Mit ihren 1,93 m war sie doch sehr, sehr groß. „Ich dachte immer…" sagte Jonathan und verbeugte sich vor ihr, „erst mal grüß ich dich, Entschuldigung, Fee Linde."

„Grüß Gott", sagte sie, „grüß Gott ihr Lieben."

„Ja, grüß Gott, du Liebe. Wir dachten immer, du bist so groß wie Jonathan oder wie Johannes."

Sie lachte." Ich bin wenige cm größer, aber nicht viel", sagte Fee Linde. „Aber die Größe ist doch nicht wichtig. Schaut, die kleinen Wichtelmännchen oder die kleinen Elfen, sie sind viel, viel kleiner und trotzdem tun sie die gleiche wichtige Arbeit, wie wir alle hier. Jeder hat seine Arbeit, und jeder macht das, was er am besten kann."

„Da hast du Recht. Dieses Kleid, was du da trägst, ist das aus reinem Licht?" fragte Celina.

„Es ist ätherisch", sagte Fee Linde, „es wirkt wie ein menschliches Kleid, aber es ist aus reinem Licht. Es ist ätherisches Licht."

„Ah, verstehe. Kann es sein, dass man euch fotografieren kann?" fragte Jonathan.

„Das kann man, in der Tat, wenn man die richtige Schwingung hat. Es gibt einige Menschen auf eurer Welt, die uns fotografieren können und auch schon fotografiert haben."

„Ja, da gehört der Johannes dazu, oder?"

„Johannes u. a. und viele andere Menschen auch."

„Ich möchte das auch können", sagte Jonathan.

„Du wirst, du wirst es, du wirst es, mein lieber Sohn."

„Ah, du sagst auch Sohn", sagte Jonathan.

„Sieh es nicht negativ oder sieh es nicht als abwertend", meinte Fee Linde. „Wenn ich dir sage, wie alt ich bin, dann müsste ich nicht Sohn zu dir sagen, sondern vielleicht Urururururenkel oder so", und lächelte dabei.

„Gut, ich möchte gar nicht fragen, wie alt du bist", sagte daraufhin Celina, „aber du siehst so jung aus."

„Die Erscheinungsform, die ich habe, ist so, wie ich mich fühle und ich fühle mich jung. Das könnt ihr auch, auch auf eurer Erde. Wenn ihr vom Herzen her positiv denkt und alles positiv macht, dann werdet ihr von innen heraus strahlen und jung sein. Das ist ganz, ganz wichtig, dass ihr euch das merkt."

„Ja, das wissen wir", sagte Jonathan. „Wir bemühen uns auch das umzusetzen, aber ich bin ja erst 25 und Celina 24 und wir können ja noch gar nicht alt aussehen."

„Doch könntet ihr schon, ihr könntet viel älter aussehen, aber zum Glück seid ihr im Herzen sehr ehrlich und sehr gut, und deshalb wirkt ihr viel jünger, so um die 19 - 20."

„Danke für das Kompliment", sagte Celina und grinste.

„Das war kein Kompliment, sondern eine ehrliche Meinung", meinte Fee Linde und lächelte.

„So, und jetzt dürft ihr alle Wesenheiten kennen lernen, die ihr möchtet", sagte Fee Linde und schaute Pan an.

Er nickte nur.

„Ja, dann weißt du doch, wen ich kennen lernen möchte, oder? Du kannst doch Gedanken lesen", sagte Jonathan.

„Das ist kein Problem, das können wir gerne erledigen. Wen möchtest du denn kennen lernen, Celina?"

„Mmmh", machte Jonathan, „jetzt wollen wir doch mal gucken, wie gut du bist, du müsstest doch meine Gedanken auch lesen können."

Celina konzentrierte sich. Sie konzentrierte sich noch einmal und konzentrierte sich wiederum und wieder und wieder, aber sie konnte seine Gedanken nicht lesen.

„Ich kann es nicht lesen, es tut mir leid."

„Doch, du kannst es", sagte Pan. „Du musst dich nicht so sehr unter Druck setzen."

Celina bemühte sich noch einmal. „Ich habe jetzt empfangen, dass du deine Oma sehen möchtest."

„Ja, das habe ich mir auch gewünscht", sagte Jonathan.

„Aber, wir sind doch hier im Naturwesenreich", sagte Celina, „wie willst du denn da deine Oma sehen können?"

„Aber das war mein Wunsch", sagte Jonathan.

„Dein Wunsch wird dir erfüllt werden. Einen Moment bitte", sagte Pan.

Und auf einmal sah Jonathan vor seinem geistigen Auge seine Oma, wie sie als junges Mädchen oder als junge Frau, besser gesagt, vor ihm stand und ihn anlächelte. „Hallo Oma", sagte Jonathan, und Jonathans Oma winkte zurück. „Grüß dich, mein Schatz, schön dich zu sehen." Jonathan zuckte zusammen. „Äh, sie hat ja mit mir gesprochen."

„Ja", sagte Pan, „du wolltest doch mit ihr Kontakt aufnehmen."

„Ja, das schon, aber äh, ich wollte sie sehen, klar, aber sie kann ja mit mir sprechen."

„Ja natürlich, es gibt kein Reich der Toten, alle sind miteinander verbunden."

„Ach so, das ist ja interessant. Alles ist miteinander verbunden?"

„Ja, so ist es, alles ist miteinander verbunden."

„Dann ist GOTTVATER immer unter uns, über uns, bei uns?"

„Er ist überall und bei allen, wenn er möchte."

„Ach so, er ist nie weit weg?"

„Natürlich nicht, Celina", sagte Pan und schaute sie an, da sie die Frage gestellt hatte.

„Das ist schön, er ist immer bei uns."

„Immer! Er hat immer ein großes Herz für alle Lebensformen, für alle! Es gibt keine Ausnahme! Er misst nicht mit zweierlei Maß, alle Lebensformen werden gleich behandelt!"

„Aha, und die, die besonders gut sind und Gutes tun?"

„Na ja, wie soll ich es erklären", sagte Pan. „Ihr müsst es euch so vorstellen. Ihr kennt doch ein Echo."

„Ja klar", sagte Jonathan.

„Also, wenn du etwas in einen Berg hineinrufst und da ist ein Echo, meinetwegen als Beispiel „Liebe", dann kommt zurück „Liebe, Liebe, Liebe, Liebe, Liebe", so 4 – 5 mal oder so."

„Ja, genau", meinte Jonathan.

„Siehst du, und das ist ein gutes Beispiel. Alles, was man ruft, kommt zurück. Alles, was man tut, kommt genauso zurück. Wenn du also etwas Gutes tust, dann kommt es 4, 5 mal oder noch öfter zu dir zurück und wenn du etwas Böses tust, auch. Das ist wie mit dem Echo."

„Das ist ein wunderbarer Vergleich", sagte Celina, „das muss ich mir merken, das werde ich allen meinen Freundinnen und Freunden erzählen."

„Ja", sagte Jonathan, „ein wunderbarer Vergleich! Bei uns gibt es nämlich das Sprichwort:„So wie man in den Wald hineinruft, so schallt es heraus."

„Ja", sagte Pan, „diesen Satz kenne ich, aber das mit dem Echo ist effektiver. Man kann es damit besser erklären."

„Das stimmt, das ist richtig." Hubertus, der Zwerg, kam auf einmal angewatschelt, denn so sah es wirklich aus.

„Entschuldige, dass ich jetzt schmunzle", sagte Jonathan, „aber du watschelst wirklich wie in dem Märchen von den 7 Zwergen mit dem Schneewittchen."

„Klar", sagte er, „ich hab den Film ja auch dreimal gesehen, er war super."

„Sag mal, Jonathan, du weißt doch, wo ich wohne, im Hubertushügel, das ist doch der Wald bei euch in der Nähe."

„Ja, weiß ich", sagte Jonathan.

„Wie wär`s denn, wenn du und Celina, wenn ihr beide regelmäßig in diesen Wald kommt und dann können wir doch viel Kommunikation betreiben oder wie heißt das Wort?"

„Reden, hahaha, reden", sagte Celina, „reden".

„Ja, reden", sagte Hubertus.

„Was haltet ihr davon?"

„Gute Idee", sagte Jonathan.

„Klar, bin ich dabei", sagte Celina.

„Schön", sagte Pan. „Nachdem ihr jetzt ein bisschen Konversation betrieben habt" und schmunzelte dabei, „möchten wir jetzt etwas Grundlegendes festsetzen. Wir würden uns freuen, wenn ihr beide von den Dingen, die wir jetzt zusammen erlebt haben, auch den Menschen etwas mitteilt, aber erzählt es so, wie es die Menschen verstehen."

„Klar, wie denn sonst?"

„Ja, in eurer Imagination."

„Was ist das?" fragte Celina.

„Vorstellungskraft", sagte Pan.

„Ach so, sag`s doch gleich."

„Gut. Also", fing Pan noch einmal an: „In eurer Vorstellungskraft ist einiges anders, als ihr es hier erlebt habt, aber ihr
könnt es trotzdem wie ein Märchen erzählen, denn die
Menschen werden es so verstehen, wie ihre Denkweise und
wie ihre fortgeschrittene Auffassungsgabe es versteht."

„Ähm, das habe ich jetzt nicht verstanden", meinte Celina.

„Also als Beispiel: Damals, als die ersten Amerikaner an der
amerikanischen Küste mit ihren großen Schiffen landeten, da
konnten nur einige Indianer diese Schiffe sehen. Viele
konnten sie nicht sehen, weil sie in ihrer Denkweise und ihrer
Handelsweise niemals etwas intus hatten, sag ich mal, das es
rechtfertigen würde, dass sie diese Schiffe sehen konnten."

„Das habe ich jetzt wieder nicht verstanden", sagte Celina,
„sag`s doch mit einfachen Worten."

„Darf ich Pan?" fragte Jonathan.

Pan nickte.

„Weißt du, Pan hat es versucht, es ganz hochdeutsch zu
erklären. Also, es ist einfach so. Das, was du wirklich glaubst,
sehen zu wollen, kannst du nicht sehen. Das heißt, wenn jetzt
ein UFO am Himmel erscheint, dann können es nur ein paar
sehen, weil sie nicht glauben, dass es UFO's gibt. Und so war
es mit dem Schiff auch. Wenn einer nicht daran glaubt, dass
es so etwas gibt, kann er es auch nicht sehen. Und so ist es
auch mit unserer Geschichte hier. Wer daran glaubt, der sieht
es oder spürt es, und wer nicht daran glaubt, der sagt eh
Märchen – Blödsinn. Habe ich das gut erklärt?"

„Du hast es wunderbar erklärt", sagte Pan, „besser hätte ich es auch nicht hingekriegt."

„Ich hab`s jetzt verstanden", sagte Celina.

„Gut, wunderbar", sagte Jonathan.

„Jetzt fängt der wieder mit ‚wunderbar' an", sagte Celina, „wie dein Freund Johannes."

„Wir sind ja oft zusammen", sagte Jonathan und lächelte.

„Jetzt werde ich euch jemand vorstellen, den ihr aus Mythen, Märchen und anderen Dingen her kennt und nie live gesehen habt."

„Wen denn?" Fragte Celina.

„Den gestiefelten Kater."

„Mmmh", machte Celina, „einen gestiefelten Kater gibt es wirklich?"

„Ja, natürlich, sagte Pan und lächelte.

„Ja, wie muss ich mir das vorstellen?" fragte jetzt auch Jonathan.

„Also, passt einmal auf. Ihr habt ja mittlerweile erfahren, dass man alles manifestieren kann", sagte Pan.

„Ja", meinte Jonathan. „Und?"

„Jetzt stellt euch vor, alles was in eurer Welt bekannt ist, alle Wesenheiten, die bekannt sind, die Kinder lieben, ja, auch wenn sie niemals existierten, werden doch durch die Kraft der Gedanken und der Vorstellungskraft, die da ist, entwickelt, ja? Und dadurch entstehen sie."

„Heißt es, es gibt auch Pumuckl?"

„Natürlich gibt`s Pumuckl."

„Ach so, interessant. Und, ach ja, stimmt. Mein Freund Johannes, der hat da mal etwas erzählt. Er hat Winnetou getroffen, kann das sein?"

„Natürlich gibt es Winnetou. Und jetzt möchten wir euch den gestiefelten Kater vorstellen", und auf einmal, wie aus dem Nichts, stand ein riesengroßer Kater vor ihnen. Er war 1,50 m groß und hatte eine wunderbare Kleidung an, er hatte ein Schwert dabei und eine riesengroße Mütze auf. Er verneigte sich, nahm seinen Hut ab und sagte:

„Hoabe die Ehre."

„Jo, doa legst di nieda", sagte Jonathan, „der spricht Bayerisch."

„Na, i kann koan Bayrisch", sagte der gestiefelte Kater", i tue nur so. Ich kann auch Hochdeutsch sprechen", sagte er dann. „Ja, das ist uns viel lieber, sonst muss ich ja nur die ganze Zeit lachen. Das ist ja ungefähr so, als wenn jemand, der ja aus einem völlig anderen Land kommt, eine Sprache spricht, die nicht zu ihm passt, ohne jemand zu beleidigen", sagte Celina.

„Ja, ich bin 1,52 m groß", sagte der Kater stolz.

„Und wieso so groß für eine Katze?" fragte Celina.

„Kennst du das Märchen oder kennst du es nicht?" kam die Antwort.

„Ja, ein bisschen", sagte Celina.

„Gut, aber in der Vorstellungskraft oder in der Auffassungsgabe der Kinder bin ich viel größer, deshalb bin ich jetzt 1,52 m."

„Aber du siehst ja wunderbar aus."

„Danke für die Blumen", sagte der gestiefelte Kater.

„Seht ihr, liebe Freunde", sagte Pan, „der gestiefelte Kater ist jetzt hier zu Gast. Er wohnt hier nicht, er wohnt in einer anderen Schwingung oder lebt in einer anderen Schwingung besser gesagt", sagte Pan. „Aber wir können ihn herholen."

„Ah, das ist ja interessant. Und wie es dann mit diesen ganzen dunklen Wesen, die es in der griechischen Mythologie gibt?"

„Die leben hier nicht", sagte Pan, „hier leben nur positive Wesen."

„Ah, sehr gut", meinte Jonathan, „das ist sehr, sehr beruhigend. Was ist mit den Hunden und den Katzen, die haben doch besondere Fähigkeiten, oder?"

„Ja, sagen wir so, die Hunde haben sich sehr, sehr an den Menschen gewöhnt und haben ihren Freigeist relativ aufgegeben, im Gegensatz zu den Wölfen oder den Füchsen.

Aber die Katzen haben ihren Freigeist behalten, die lassen sich von den Menschen nicht dressieren oder nicht manipulieren", sagte Pan.

„Das stimmt, das kann ich bestätigen", sagte Jonathan. „Meine Schwester hatte Katzen, die waren richtig…, na ja, mit Vorsicht ausgedrückt, wenn man an ihnen vorbeiging, musste man aufpassen, dass man nicht mit der Pfote eine gewischt gekriegt hat."

„Ja, diese Katze war sehr krank, und sie hatte eine sehr schlechte Kindheit und sie ist oft misshandelt worden."

„Sag nicht, du kennst die Katze?" fragte Jonathan.

„Natürlich, in dem Moment, in dem du an sie gedacht hast, wusste ich, welche Katze gemeint ist."

„Dir kann man nichts verheimlichen oder?" fragte Celina.

„Warum auch?" sagte Pan und lächelte.

„Ja, ok, dann brauch ich ja gar nicht so viel ausholen, sondern ich brauche nur an jemand denken und du weißt Bescheid."

„Ja, aber es ist doch allzu menschlich, dass ihr darüber reden möchtet, oder?"

Die beiden nickten.

„Seht ihr."

„Jetzt haben wir so viel gelernt wie, glaub ich, in 20 Jahren nicht, kann das sein?" fragte Jonathan.

„Ich möchte jetzt keine Werturteile abgeben, aber ihr habt doch einiges in den zwei Tagen gelernt. Wir möchten jetzt gleich mit euch zurückgehen."

„Oh, schade, schade."

„Aber jemanden möchten wir euch noch vorstellen, eine Person, die euch am Herzen liegt."

„Ha, das gibt es doch nicht!" rief Celina.

Auf einmal kam ein hölzernes kleines Wesen auf sie zu. „Der sieht ja ähnlich aus wie Pinoc..."

„Ja, er sieht so aus, aber er ist es nicht," wurde sie unterbrochen.

„Nicht?" sagte Celina.

„Nein, denkt einmal darüber nach, wer es sein könnte."

„Mmmh, ich weiß es nicht", sagte Jonathan.

„Es ist jemand anders, aber im ersten Moment denkst du sicherlich an eine bestimmte Figur."

„ Ja, wer ist es denn?"

„Wenn ich dir jetzt sage, wer es ist, dann kommst du nie drauf."

„Ha!" Jonathan überlegte, „wer könnte es denn sein, eine hölzerne Figur."

„Ah, ich weiß, ich weiß, wer das ist", sagte Celina auf einmal.

„Das ist die kleine Figur, mit der ich immer als Kind gespielt habe, sie war aus Holz geschnitzt von meinem Opa, und sie ist jetzt lebendig geworden, weil ich mir vorgestellt habe, sie ist es, oder?"

„Richtig."

„Ja, woher soll ich die den kennen?" fragte Jonathan.

„Du kannst sie deshalb kennen, weil dir Celina davon erzählt hat."

„Ach, jetzt komm hör auf, jetzt sag bitte nicht, dass der Dackel, den Johannes zuhause stehen hat, diesen aus Stoff, der da immer so mit seinem kleinen Baby Hundchen steht, dass der echt und lebendig ist."

„Natürlich ist er lebendig, mit ihm kannst du reden."

„Ja und mit den Stofftieren, die überall rumstehen, auch bei uns in der Wohnung, die sind lebendig?"

„Sie haben auf jeden Fall Energie, und wenn sie Energie haben, könnt ihr auch mit ihnen kommunizieren."

„Das ist mir jetzt zu hoch", sagte Jonathan.

„Das muss dir nicht zu hoch sein, lass es dir einfach durch den Kopf gehen, und dann wirst du merken, dass es stimmt."

„Ja, und was ist mit Bildern?" fragte Celina.

„Mit Bildern oder über Bilder kann man auch kommunizieren."

„Ja, ich weiß, man kann mit dem Orgonstrahler Energie hineinsenden oder abziehen."

„So ist es."

„Kann man rein theoretisch, also nur rein theoretisch, kann man helfend eingreifen im Nachhinein über Fotos?" fragte Celina.

„Wenn es der VATER erlaubt, ja, sonst nicht!"

„Ah ja, das heißt man kann mit dem Orgonstrahler nur gute Dinge tun, oder Pan?"

„So ist es, lieber Jonathan, so ist es.!"

„Das freut mich ja. Dann könnte man doch theoretisch einen Kriegsschauplatz, wo man ein Foto davon hat, noch energetisch entstören und die Seelen ins Licht schicken, wenn der VATER es erlaubt."

„So ist es", sagte wiederum Pan.

„Schön, das freut mich!"

Da kam Peter, der Wurzelsepp, wieder an. „Ich möchte euch ja nicht stören, aber ich soll euch gleich nach Hause bringen."

„Muss das sein, wir möchten noch ein bisschen bleiben."

Jonathan war plötzlich traurig.

„Ähm, ihr seid ja jetzt ausgeschlafen, und ich muss euch sagen, dass in 2 Stunden die liebe Celina wieder zur Arbeit muss."

„Oh, in zwei Stunden, so schnell, haben wir schon Montagmorgen?" fragte sie.

„Ja, haben wir."

„Ja gut, dann müssen wir nach Hause."

„Schade", sagte Jonathan, „wir können ja den Phasenweiser nehmen, dann können wir noch ein bisschen gucken."

„Das kommt nicht in Frage", sagte Pan. „Hier wird nicht rumexperimentiert, nur mit Erlaubnis des VATERS durften wir euch bestimmte Sachen zeigen."

„Kann es sein, dass wir so einen Phasenweiser auch mal auf die Erde kriegen?" fragte Jonathan neugierig.

„Noch ist es nicht geplant, aber in Bälde vielleicht."

„Was heißt in Bälde?" fragte Celina.

„In Bälde heißt in Bälde, das kann ich dir auch noch nicht sagen. Manche Dinge wissen wir, manche weiß nur der VATER."

„Ah ja", sagte Jonathan, „es war sehr schön. Können wir mal alle knuddeln?"

„Wenn ihr möchtet", meinte Pan.

„Ja, wir möchten alle einmal knuddeln und alle mal in die Arme nehmen und drücken, soweit es möglich ist",

Dann gab es ein herzhaftes Geknuddel hin und her, und sie nahmen sich in die Arme und hinterher hatte nicht nur Celina, sondern auch Jonathan Tränen in den Augen, als sie sich verabschiedeten.

„Wir machen es jetzt kurz und bündig", sagte Pan. „Haltet euch beide an den Händen. Peter, der Wurzelsepp, begleitet euch." Sie nahmen ihn zwischen sich. Zipp…waren sie verschwunden!

Nachtrag: Jonathan und Celina waren wohl behütet mit Hilfe des Wurzelsepps Peter nach Hause gekommen, und Celina war so aufgedreht, dass sie eigentlich gar keine richtige Lust hatte, mit ihren kleinen Kindergartenkindern zu spielen, aber auf einmal sang sie das Lied: „Es tanzt ein Biba-Butzemann in unserem Kreis herum, fidibum." Und auf einmal waren ganz viele Naturwesen da, die nur sie sehen konnte, dachte sie zuerst und tanzte und tanzte mit den Kindern, und auf einmal kam ein kleines Mädchen von 4 Jahren zu Celina und sagte: „Du, Tante Celina?"

„Ja", sagte Celina, „da vorne sind ein paar Zwerge, die spielen mit uns."

Celina war ganz überrascht. „Ja, kannst du sie sehen?"

„Klar kann ich sie sehen und die anderen können sie auch alle sehen. Können wir mit denen spielen?"

„Natürlich", sagte Celina.

Und ab dem Tag war das Kindergartenvergnügen für Celina anders als vorher. Es machte einen Riesenspaß, mit den Naturwesen zusammen und den Kindern in Freude zu arbeiten. Jonathan malte auf einmal spirituelle Bilder. Er setzte sich hin, nahm den Pinsel in die Hand und ließ die Naturwesen mit seiner Hand malen. Er machte es dabei so ähnlich wie sein Freund Johannes.

Peter, der Wurzelsepp, war regelmäßiger Gast bei den beiden, und immer, wenn sie sich über die Zeit auf der anderen Erde unterhielten, war es so, als wäre es schon viele hundert Jahre her, und die Zeit verblasste ein wenig in ihren Köpfen, aber gewisse Dinge, die blieben fest verankert im Nachhinein in ihrem Kopf, wie zum Beispiel die unvergessene Schwimmshow von Celina mit Jamé, dem Delphin, oder auch der Handstand von Puda, dem Bär. Es war einfach, als wäre es in einem Traum gewesen. Und drei Wochen später wussten Jonathan und Celina nicht mehr, was war jetzt Traum, was war Wirklichkeit und was war nur Einbildung, doch eins wussten beide ganz felsenfest, nur die Liebe in ihren Herzen war wichtig, denn der VATER im Himmel, GOTTVATER, gab ihnen die Liebe, die sie brauchten und die Heilkraft, die sie brauchten, um sie in die Welt hinauszusenden, zu allen Menschen, zu allen Tieren, zu allen Pflanzen, damit sich die Schwingung auf der Erde erhöhte, und all ihre Freunde machten es ihnen nach. Sie verbanden sich geistig über die

Herzen, über das morphogenetische Feld und über ihre Seelen miteinander und ließen die Heilkraft, die sie vom Vater bekamen, hinaus in die Welt fließen, auf dass sich die Schwingung der Menschen erhöhte und erhöhte und irgendwann wird es einmal zisch... machen und wie ein Quantensprung überall auf die Herzen der Menschen übertragen, die reinen Herzens sind und mit der Erde dann in eine höhere Schwingung gehen dürfen.

E N D E

Weitere Bücher von Johannes Allgäuer, die bei BOD erschienen sind:

„Der Bau des Regenbogens - spirituelle Erlebnisse mit Elfen, Feen, Zwergen und anderen Naturwesen"

Regenbögen können gebaut werden: In den Raunächten (zwischen Weihnachten und heilige drei Könige), am 2.2. (Maria Lichtmess), dem Karsamstag (variiert jedes Jahr), 21.6. (Midsommernacht bzw. Sommersonnenwende), 25.7. (Tag außerhalb der Zeit im Maya Kalender), 15.8. (Maria Himmelfahrt), und Buß- und Bettag (variiert jedes Jahr) .

ISBN: 978-3-8370-0214-0 / 100 Seiten / 9,90 Euro

„HEILUNG FÜR MUTTER ERDE: mit Hilfe von Elfen, Feen und Zwergen"

ISBN: 978-3-8391-5124-4 / 100 Seiten / 9,90 Euro

„Wunderschöne Geschichten von Elfen, Feen und Zwergen - das etwas andere spirituelle (Kinder)buch"

ISBN: 978-3-8391-1750-7 / 124 Seiten / 12,80 Euro

„Kochen mit Elfen, Feen und Zwergen -vegetarisch und vegan- garniert mit Botschaften, Gedichten und Geschichten aus der Welt der Naturwesen"

ISBN: 978-3-8391-0619-8 / 144 Seiten / 14,90 Euro

„Die abenteuerliche Reise durch Raum und Zeit - zur Heilung und Rettung von Mutter Erde"

ISBN: 978-3-8370-1413-6 / 184 Seiten / 13 Euro

„Das spirituelle Survival Buch für den Alltag: bis 2012 und darüber hinaus"

ISBN: 978-3-8391-6670-5 / 120 Seiten / 12,80 Euro

„Wintersonnenwende 2012: Die Zukunft hat begonnen..."

ISBN: 978-3-8391-0971-7 / 144 Seiten / 14,90 Euro

„Tag X - wenn der Crash kommt und die Erde bebt!

- ÜBERLEBEN IM CHAOS"

ISBN: 978-3-8370-5525-2 / 172 Seiten / 16,90 Euro

„Der Börsencrash...und JETZT ?!?"

ISBN: 978-3837071856 / 124 Seiten / 14,90 Euro

„SCHWANENTOD - oder kommt ein Virus geflogen..."

ISBN: 978-3-8370-7721-6 / 144 Seiten / 14,90 Euro

„Vaterworte – Botschaften von GOTTVATER für seine Kinder"

GOTTVATER übermittelt in diesem Buch Botschaften für seine Kinder auf Erden. Johannes Allgäuer hat die VATERWORTE empfangen und leitet sie allen Menschen in Liebe weiter.

ISBN: 978-3-8391-8218-5 / 92 Seiten / 9,90 Euro

„Vaterworte Band 2 - Botschaften von GOTTVATER für seine Kinder "

ISBN: 978-3-8423-3689-6 / 104 Seiten / 9,90 Euro

„Eiszeit 2012 – SURVIVAL ROMAN"

ISBN: 978-3-8423-1282-2 / 120 Seiten / 12,80 Euro

„ELFENFLUG: wundervolle Geschichten von Elfen, Feen, Zwergen und anderen Naturwesen"

ISBN: 978-3-8423-3191-6 / 96 Seiten / 9,90 Euro

„Das Naturwesen Smoothie Rezept Buch"

Außergewöhnlich gechannelte Rezepte von Elfen, Feen, Zwergen und vielen anderen Naturwesen

120 Rezepte

ISBN: 978-3-8423-4146-3 / 132 Seiten / 12,80 Euro

„Ganzheitliche Umwandlung von Mutter Erde"

ISBN: 978-3-8423-4146-3 / 148 Seiten / 14,90 Euro

„Herzens-Energie"

Spiritueller Ratgeber für mehr Lebenskraft

ISBN: 978-3-8423-5938-3 / 144 Seiten / 14,90 Euro